DIE MÖWEN-MISSION

MISS DOLITTLES GEHEIMNIS
BAND 12

MOLLY FITZ

KATZENGEHEIMNISSE

Übersetzung ins Deutsche: Julia Fuchs
Korrektorat Deutsche: Ursula Mirwald
Cover-Designer: Lou Harper, Cover Affairs

PO Box 873543
Wasilla, AK 99687

Whiskered Mysteries
https://whiskeredmysteries.com/

ÜBER DIESES BUCH

Just als ich die Hoffnung beinahe aufgegeben hatte, dass ich das letzte verschollene Mitglied meiner kürzlich aufgespürten Familie je finden würde, taucht eine Möwe namens Bravo auf, die mir ein verlockendes Versprechen gibt und mich gleichzeitig übel bedroht.

Bravo behauptet, er hätte mich schon lange beobachtet – sogar schon bevor ich meine seltsame Fähigkeit erlangte, mit Tieren zu sprechen. Nun soll ich ihm helfen, einen erbitterten Streit zwischen seinem eigenen und einem verfeindeten Schwarm zu schlichten. Wenn mir das gelingt, beteuert er, wird er mich persönlich zu der Person bringen, die ich unbedingt kennenlernen möchte. Wenn ich ihm jedoch die Unterstützung verweigere, wird er eine Armee von Spechten losschicken, um mein Haus zu zerstören. Ach du Schreck!

Leider habe ich Octocat bereits versprochen, mit ihm eine Reise quer durchs Land zu unternehmen, um seine Freundin in Colorado zu besuchen, zusammen mit Grandma und Paisley. Da wir also unterwegs sind, müssen Charles und Pringle in unserer Abwesenheit Nachforschungen anstellen.

Wird es ihnen gelingen, den Fall zur Zufriedenheit des Schwarms zu lösen? Welche schockierenden Geheimnisse hält Grandma noch vor mir verborgen? Und wie soll ich es schaffen, mehr als siebzig Stunden mit meinem jammernden Kater im Auto zu verbringen? Unser bisher ungewöhnlichstes Abenteuer stellt mich vor so einige Rätsel!

ANMERKUNG DER AUTORIN

Hallo. Danke, dass du dieses Buch gekauft hast. Wenn du ebenfalls ein großer Fan von spannenden, schrägen Tierkrimis bist, sollten wir unbedingt Freunde werden.

Wie wäre es, wenn du direkt einmal meine Facebook-Seite besuchst, die ich speziell für meine treuen deutschen Leser eingerichtet habe? Hier der Link dazu: **Facebook.-com/Katzengeheimnisse**

Oder melde dich für meinen Newsletter an und sichere dir als Abonnent gratis ein digitales Geschenkpaket, einschließlich einer exklusiven Kurzgeschichte über Octocat: **Katzengeheimnisse.com/Abonnieren**

Ich bin sicher, wir werden eine Menge

Spaß miteinander haben. Also schnell umblättern ...

Wir sehen uns dann auf der nächsten Seite.

MOLLY

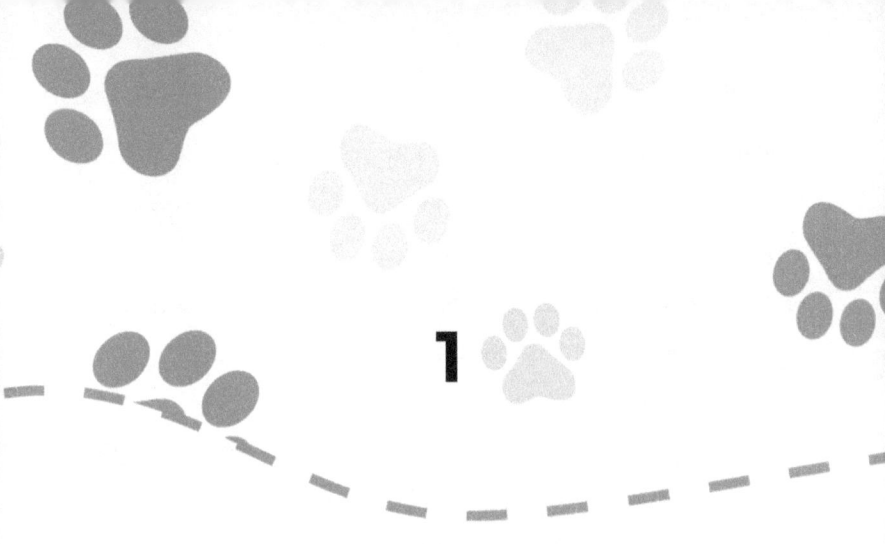

1

Alles begann mit einer uralten Kaffeemaschine, die schon vor Jahren hätte entsorgt werden sollen. Nach einem verhängnisvollen Stromschlag von diesem Ding erwachte ich mit der höchst ungewöhnlichen Fähigkeit, mit Tieren sprechen zu können.

Seitdem ist mein Leben voller Fellnasengeplapper. Man sollte meinen, dass ich nun mehr über die Welt um mich herum wüsste, weil ich die Tiere verstehen kann, aber das Gegenteil scheint der Fall zu sein, da ständig neue Rätsel auftauchen, in die ich hineingezogen werde. Ich schätze, deshalb habe ich eine Detektei gegründet ...

Hallo, übrigens. Mein Name ist Angie Russo, und es wäre unverzeihlich, wenn ich nicht erwähnen würde, dass mein Partner bei der Aufklärung von Verbrechen kein Geringerer ist als mein getigerter Kater – Octavius Maxwell Ricardo Edmund Frederick Fulton Russo, seines Zeichens Privatdetektiv. Sehr zu seinem Leidwesen habe ich mir angewöhnt, ihn kurz „Octocat" zu nennen.

Auf unsere erste Begegnung folgte geradewegs unser erster Fall, den wir gemeinsam lösten: der Mord an seiner früheren Besitzerin, die ihm einen stattlichen Treuhandfonds hinterließ, den ich nun verwalte. Daraus bezahlen wir unsere monatlichen Rechnungen und noch so einiges mehr, einschließlich der großen Villa in Blueberry Bay, zu deren Kauf er mich überredet hat. Und da wir dank widriger Umstände mit unserer Ermittlungsarbeit bisher leider genau null Dollar verdient haben, ist das geerbte Vermögen meines Katers wirklich ein Geschenk des Himmels für uns.

Meine Großmutter, mit der wir zusammenwohnen, unterstützt uns ebenfalls finanziell mit ihrer Rente, auch wenn ich sie schon oft gebeten habe, das doch sein zu lassen. Außerdem sorgt sie für unser leibliches Wohl, etwa mit köstlichen frischen Backwaren, und dekoriert unsere Wände mit allerlei skurrilen Kunstwerken – von Metallobjekten bis hin zu Teppichen aus handgesponnener Wolle ist alles dabei. Sie ist ein bisschen eigenwillig, aber dafür können wir uns immer darauf verlassen, dass es mit Grandma nie langweilig wird.

Eine weitere Mitbewohnerin von uns ist Paisley, eine kleine Hündin, die Grandma letztes Jahr aus dem Tierheim gerettet hat. Sie ist ein Tricolor-Chihuahua mit überwiegend schwarzem Fell. Paisley ist eine unverbesserliche Optimistin und immer gut drauf, ganz im Gegensatz zu unserem Waschbärnachbarn Pringle, der zwei Baumhäuser in meinem Garten bewohnt. Ja, es sind wirklich zwei, die obendrein beide mit einem Großbildfernseher ausgestattet sind. Pringle ist eine furchtbare Nervensäge und tanzt uns oft ganz schön auf der Nase herum.

Beispielsweise schert er sich nicht um die Privatsphäre anderer, vor allem nicht um meine. Kürzlich habe ich ihn dabei erwischt, wie er in meinem Handy herumgeschnüffelt und sogar ein Video von mir aufgenommen hat, um mich bei seiner Lieblings-Reality-Show anzumelden, obwohl ich da unter keinen Umständen mitmachen würde. Kaum zu glauben, ich weiß, und das ist noch längst nicht alles ...

Meine Eltern arbeiten beide als Reporter bei einem lokalen Fernsehsender, und mein Freund Charles ist der Seniorpartner der Anwaltskanzlei, wo ich als Assistentin tätig war, bevor ich Vollzeit-Detektivin wurde, beziehungsweise „Vollzeitarbeitslose", wie Pringle zu sagen pflegt.

Das alles wirft kein gutes Licht auf den Waschbären, das ist mir schon klar, aber im Grunde genommen ist er kein schlechter Kerl. Ich denke, dass er einfach nur oft ziemlich launisch ist und vielleicht auch ziemlich einsam. Immerhin ist er der Einzige hier, der niemanden an seiner Seite hat.

Grandma ist seit Kurzem mit dem örtlichen Juwelier Grant Gable zusammen, und die beiden sind einfach hinreißend. Ich habe natürlich Charles, und sogar Octocat führt eine Fernbeziehung, die er äußerst ernst nimmt. Seine Angebetete, eine wunderschöne Himalayakatze, ist ein ehemaliges Model und inzwischen eine Mini-Influencerin auf Instagram. Sie heißt Grizabella.

Paisley hat zwar keine romantische Beziehung, aber das stört die quirlige Hündin nicht im Geringsten, weil sie es einfach liebt, ein Teil unserer Familie zu sein.

Obwohl Pringle nicht zugeben will, dass er sich nach ein bisschen Liebe sehnt, nennt er seine Spielzeugpistole, eine Nerf-Gun, „Carla" und streichelt sie zärtlich, wenn er sich unbeobachtet fühlt.

Das mit der Nerf-Gun ist so extrem aus dem

Ruder gelaufen, dass ich neulich versehentlich zugestimmt habe, meinem Kater ein Nunchaku zu kaufen, damit er sich – und theoretisch auch mich – verteidigen kann. Das allerdings hat nur zu noch mehr lächerlichen Gewaltausbrüchen und mehrfach geprellten Schienbeinen meinerseits geführt – er kann wirklich nicht gut damit umgehen. Wahrscheinlich, weil er das eine Ende mit dem Maul festhalten muss, während er das andere durch die Luft schwingt. Dabei muss er sich außerdem auf die Hinterbeine stellen und den Hals zur Seite drehen. Ich schätze, bei seinen Angriffen hat er sich selbst mehr wehgetan als Pringle und mir.

Davon abgesehen halte ich es auch für ziemlich absurd, dass die beiden Vierbeiner eine Waffe benötigen, um den Alltag am Rande unseres beschaulichen, kleinen Städtchens Glendale zu meistern, aber vielleicht habe ich ja irgendetwas verpasst.

Zum Glück werde ich diese Woche Ruhe vor dem schießwütigen Waschbären haben, denn ich unternehme mit Octocat eine Reise quer durchs Land, damit er seine geliebte Grizabella in Colorado besuchen kann. Das wird eine ewig lange Fahrt von Maine aus werden, aber Grandma begleitet mich, sodass wir uns am Steuer abwechseln können. Ja, leider müssen wir das Auto nehmen, da Octocat sich nach wie vor weigert, in ein Flugzeug zu steigen.

Zugfahren war auch keine Option, denn das letzte Mal, als wir das probiert haben, wurden wir gleich in einen Mord verwickelt, sodass uns das Auto diesmal als die bessere Alternative erschien.

Übermorgen geht es in aller Frühe los, und obwohl ich mich anfangs gegen diese Reise gesträubt habe, freue ich mich nun trotzdem auf die kleine Auszeit. Hoffen wir nur, dass bis dahin nichts mehr Verrücktes passiert, womit bei uns ja stets zu rechnen ist ...

* * *

ch hatte mich gerade mit einer dampfenden Tasse Kaffee in der einen und meinem E-Reader in der anderen Hand auf meinem Lieblingsplatz am Fenster niedergelassen, als Octocat ins Zimmer schlenderte. Er trug ein liniertes Blatt Papier im Maul.

„*Hia füa dich*", nuschelte er in meine Richtung. Dabei zuckte er angespannt mit dem Schwanz, was er meist dann tat, wenn er enttäuscht von mir war, wobei ich ja noch nicht einmal etwas gesagt hatte.

„Was auch immer es ist, kann das noch ein bisschen warten?", fragte ich sanft, obwohl ich bereits wusste, wie seine Antwort lauten würde.

Er spuckte den Bogen auf den Boden und starrte mich mit seinen bernsteinfarbenen Augen an, was mich immer leicht beunruhigte. „Nein. Es kann nicht warten. Wir haben ohnehin kaum noch Zeit. Heb das auf!", befahl er patzig.

Ich legte den E-Reader auf die Bank, stellte den Kaffee auf dem Schreibtisch ab und ging zu Octocat hinüber, um mir anzusehen, was mein dreister Kater mir denn da Dringendes mitzuteilen hatte.

Er ließ sich auf den Hintern plumpsen und musterte mich mit unverhohlener Verachtung, was er perfekt beherrschte, und ich schätze, jeder Katzenbesitzer weiß, wovon ich spreche. „Das ist meine Packliste für die Fahrt."

Ratlos betrachtete ich das Blatt Papier von beiden Seiten und schüttelte den Kopf. „Aber da steht doch gar nichts drauf."

„Korrekt. Du sollst dir ja auch alles aufschreiben", erwiderte Octocat mit einem dreifachen Schwanzzucken und begann, mir eine schier endlose Liste zu diktieren. „Zuerst brauche ich meine Fliegen, sowohl die grüne als auch die blaue. Außerdem benötige ich eine neue, goldene, die zu meinen Augen passt."

„Aber deine Augen sind nicht ..."

„Hast du dir das notiert?", grummelte er mit einem finsteren Blick, der mir eindeutig zu verstehen gab, dass er keinen erneuten Widerspruch duldete.

O Mann. Also schön. Ich hastete zu meinem Schreibtisch, während er weiter seine Wünsche herunterleierte, schnappte mir einen roten Tintenroller und fing wütend an mitzuschreiben, kam jedoch nicht so schnell hinterher.

„Eine Hörbuchausgabe von Dr. Romans Romantik-Ratgeber", brummte er.

„Bitte was war das Letzte?"

Mein Kater stöhnte genervt, um mir zu verstehen zu geben, wie frustrierend er mich wieder einmal fand. „Dr. Romans Romantik-Ratgeber. Als Hörbuch. Pass doch gefälligst auf."

Geschlagene zehn Minuten später war er endlich fertig mit seiner Liste. Sie füllte beide Seiten des mitgebrachten Papiers, und ich musste sogar die letzten Punkte auf meinen Handrücken kritzeln. Zweifellos würde es mich viele Stunden kosten, bis ich jeden Einzelnen davon abgearbeitet hatte – der Tag war gelaufen.

„Bist du sicher, dass du das alles für unsere Reise brauchst?", fragte ich ungläubig. „Einige dieser Sachen sind nicht gerade leicht zu bekommen."

Octocat nickte forsch. „Ich bin mir sicher."

„Aber …"

„Ich bin in meinem Zimmer, wenn du mich brauchst." Mit diesen Worten kehrte er mir den Rücken zu und stolzierte davon.

Was war noch mal der Grund, warum ich all das für ihn tat, während er sich nicht einmal dazu herabließ, auch nur ein kleines bisschen Dankbarkeit zu zeigen?

Je mehr Zeit ich mit meinem Kater verbrachte, desto weniger hatte ich das Gefühl, ihn wirklich zu verstehen. Hm, vielleicht würde dieser Roadtrip doch nicht so entspannend werden.

2

Glücklicherweise erklärte sich Grandma bereit, mir die Hälfte der Sachen von Octocats ellenlanger Liste abzunehmen, sodass ich hoffentlich noch etwas Zeit haben würde, um meine eigene Tasche zu packen. Danach würde ich wahrscheinlich völlig erschöpft ins Bett fallen.

Also begann ich mit den Besorgungen für meinen Kater, um seine wie immer besonderen Ansprüche zu erfüllen. Sie führten mich zu diversen Geschäften, die über ganz Blueberry Bay verstreut lagen, und kosteten mich mehrere Stunden.

Leider musste ich zum Schluss auch noch nach Dewdrop Springs, was mir ein wenig Unbehagen bereitete, da es nicht gerade mein Lieblingsort war. Jedes Mal, wenn ich einen Fuß in dieses verfluchte

Kaff setzte, wurde jemand bestochen, ausgeraubt oder gar ermordet. Toll, oder?

Heute wollte ich einfach nur das Hörbuch für meinen Kater besorgen und dann schnell wieder nach Hause fahren. Bedauerlicherweise hatte sich der Titel, den er sich wünschte, als die begehrteste Neuerscheinung der Saison herausgestellt. Warum hatte ich bisher noch nichts davon gehört? Wahrscheinlich weil ich keinen Nachhilfebedarf in Sachen Romantik verspürte.

Es überraschte mich, dass es Octocat da offenbar anders ging. Normalerweise hielt er sich für absolut unfehlbar. Ein weiterer Beweis dafür, dass der bevorstehende Besuch bei Grizabella für ihn von großer Bedeutung war. Sie hatten sich nicht mehr persönlich gesehen, seit sie sich Ende November bei jener besagten Zugreise zum ersten Mal begegnet waren. Wie würden sie füreinander empfinden, wenn sie sich nicht nur per Videochat trafen, wie in den letzten Monaten, sondern in natura?

So sehr er mich heute und, offen gestanden, *jeden* Tag auch nervte, so hoffte ich dennoch für ihn, dass es zwischen den beiden gut laufen würde ... Auch wenn ich jetzt schon die dritte Buchhandlung abklappern musste.

Das Hörbuch war in den beiden großen Buchhandlungen, in denen ich es zuerst versucht hatte, ausverkauft gewesen, weshalb ich jetzt ein kleineres Geschäft ansteuerte und betete, dass sie noch ein Exemplar vorrätig hatten.

Zwischendurch hatte ich ihn zu Hause angerufen, um ihm ein Audible-Abo vorzuschlagen, woraufhin er wortlos auflegte. Als ich danach erneut anrief, stöhnte er mir etwas vor und erklärte mir, dass er sein Buch unbedingt auf CD haben müsse, weil er nicht auf den Download vertraue. Angeblich befürchtete er, das Buch könne „von seinem Gerät verschwinden", wenn er es am meisten brauchte.

Noch mal zum Mitschreiben: Es handelte sich um einen Romantik-Ratgeber. In welche Notsituation könnte er denn bitte geraten, in der er diesen unbedingt brauchte? Mir war jedoch klar, dass ich besser nicht nachfragen sollte.

Stattdessen schluckte ich die letzten Reste meines Stolzes herunter und schwor mir, alles zu tun, um meinen verwöhnten Kater glücklich zu machen. So landete ich bei Literati, einem Buchladen, der seit Kurzem in neuen Händen war, wie ich gehört hatte, und nun von einer noch recht jungen Dame geführt wurde. Ich war schon ein paar Jahre nicht mehr hier gewesen, weil ich mir fast nur noch E-Books kaufte, und stellte überrascht fest, wie sehr sich dieses

Geschäft seit meinem letzten Besuch verändert hatte. Es gab eine gemütliche Sitzecke, eine kleine Kaffeebar und ansprechend arrangierte Regale. Kompliment an die neue Besitzerin – ein netter Laden. Vielleicht würde ich demnächst noch einmal herkommen, um mir selbst etwas zu kaufen, wenn wir von unserer Reise zurück waren.

„Hallo, ich bin Jane. Kann ich Ihnen helfen?" Die Stimme riss mich aus meinen Gedanken, und im nächsten Moment kam eine Frau mit hellen, wachen Augen und einem breiten Lächeln auf mich zu.

„Oh, hallo. Ich suche ein Hörbuch?" Meine überraschte Reaktion klang eher wie eine Frage, was ich nicht beabsichtigt hatte.

Nachdenklich verzog Jane das Gesicht, kurz darauf hob sie den rechten Zeigefinger und deutete auf den übernächsten Gang. „Ich habe genau das Richtige für Sie." Dann führte sie mich zu einer Auswahl von Büchern der Autorin Molly Fitz. „Sie sehen aus wie eine Krimileserin", meinte sie freundlich. „Stimmt's?"

Wow. Ich war beeindruckt.

„Ja stimmt, normalerweise schon, aber heute brauche ich etwas für einen, *ähm,* Freund von mir. Haben Sie Dr. Romans ...?"

„Romantik-Ratgeber. Ja, ich glaube, ein Exemplar

haben wir noch." Sie führte mich auf die andere Seite des Ladens und begann, die Auslage in einem drehbaren Drahtständer durchzusehen. „Ich bin mir sicher, dass noch eins da ist … Ah, hier!"

Sie zog das gewünschte Hörbuch hinter einem anderen hervor. „Es hatte sich versteckt. Gut, dass ich das Chaos im Griff habe."

„Vielen Dank", sagte ich mit einem großen Seufzer der Erleichterung. Damit hatte ich die Liste nun offiziell abgearbeitet.

Nachdem ich bezahlt hatte, winkte Jane mir zum Abschied hinterher. „Kommen Sie doch bald mal wieder und suchen Sie sich ein paar Bücher für sich selbst aus!"

Zwar würde ich Dewdrop Springs auch in Zukunft meiden, so gut es eben ging, aber wenigstens könnte ich mir nun einen Besuch in diesem Laden gönnen, wenn ich das nächste Mal in der Stadt zu tun hatte. Zufrieden mit meiner Fähigkeit, allem etwas Positives abgewinnen zu können, trat ich nach draußen.

„Nein! Ich hätte ihn fast gehabt!", tönte eine wütende Stimme zu mir herauf.

Ich senkte den Blick und entdeckte eine flauschige, orange-braune Perserkatze, die mich grimmig fixierte. „Tut mir leid", murmelte ich und marschierte los zu meinem Auto, das ich ein Stück die Straße hinunter geparkt hatte.

„Warte, warte, warte!" Die Katze schien mich zu verfolgen, denn ihre Stimme kam mit jeder Silbe näher. Ich blieb stehen und drehte mich zu ihr um.

„Du kannst mich verstehen?", fragte sie staunend, wobei ihr das Maul offen stehen blieb. „Warum versteht mich mein dummer Mensch denn nicht?"

„Ja, und ich weiß nicht", flüsterte ich und hoffte, dass niemand in der Nähe war, der mitbekam, wie ich auf offener Straße mit dieser seltsamen Katze sprach.

„Mein Name ist Edwina, und ich brauche einige Dinge", teilte sie mir mit.

Ach was! Das kam mir so was von bekannt vor. Octocat hatte fast genau dasselbe zu mir gesagt, als ihm zum ersten Mal bewusst wurde, dass ich mit ihm sprechen konnte, und seitdem hatte er nicht aufgehört, Forderungen zu stellen.

Aber ich hatte gerade wirklich keine Zeit, mich um die Wünsche einer fremden Fellnase zu kümmern. Also murmelte ich eine Entschuldigung und setzte mich wieder in Bewegung.

„Warte!", kreischte Edwina aus vollem Halse. „Geh noch nicht!" Ihr Geschrei veranlasste mich jedoch nicht dazu, erneut anzuhalten. Sie drohte mir mit einem Knurren und fauchte mir wütend hinterher, aber ich blieb trotzdem nicht stehen. „Ich bin noch nicht fertig mit dir. Ich rate dir, komm besser zurück!"

Endlich erreichte ich meinen Wagen, schlüpfte hinein und schlug rasch die Tür hinter mir zu. In dem Moment, als ich den Motor anlassen wollte, krachte etwas gegen meine Windschutzscheibe.

Och nö. Diese Katze schreckte ja wirklich vor nichts zurück.

Aber nein, es war nicht Edwina. Stattdessen wackelte ein großes, weißes Tier vor meiner Nase herum. Ein Vogel!

O nein. Die Perserkatze setzte sogleich zum Sprung an, landete mit einem dumpfen Aufprall auf der Motorhaube meines alten Autos und pirschte sich an ihre verwirrte Beute heran. In Panik tat ich das Erste, was mir einfiel: Ich drückte auf die Hupe, woraufhin die Katze die Flucht ergriff.

Der Vogel, eine Möwe, wie ich nun unschwer erkennen konnte, richtete sich auf und klopfte dann mit seinem Schnabel an meine Windschutzscheibe. „Könnte ich kurz mit dir sprechen?"

Obwohl ich nach wie vor in Eile war und eigentlich keine Zeit für irgendwelche tierischen Angelegenheiten hatte, öffnete ich das Fenster und ließ ihn zu mir ins Auto steigen. Vielleicht konnte ich ihn an einen sichereren Ort fahren, weit weg von der überdrehten Mieze.

„Du bist schwer zu finden", sagte der Vogel, als er sich auf dem Beifahrersitz niedergelassen hatte. „Ich habe heute schon die ganze Gegend nach dir abgesucht."

„Du hast mich gesucht? Warum?"

„Ich behalte dich immer im Auge. Schon von Anfang an."

Ich spürte, dass eine Kopfschmerzattacke sich ankündigte. „Was meinst du mit ‚von Anfang an'?"

„Na, seitdem du uns verstehst. Wir beobachten Menschen wie dich, für den Fall, dass wir euch mal um einen Gefallen bitten müssen."

Mir schwirrte der Kopf ob dieser neuen Erkenntnis. Okay, ein Vogel wollte mich um einen Gefallen bitten, aber noch viel interessanter war, dass es offenbar andere Menschen wie mich gab. Das hatte ich zwar immer gehofft, aber noch nie einen Hinweis bekommen, dass dem tatsächlich so war.

„Kannst du mich zu den anderen führen?", fragte ich mit zitternder Stimme. Obwohl ich jetzt eigentlich keine Zeit hatte, aber wie hätte ich ihn nach dieser bahnbrechenden Neuigkeit abweisen können?

Die Möwe neigte den Kopf zur Seite. „Das kommt darauf an."

„Worauf? Wovon hängt es ab?"

„Wenn du uns hilfst, helfen wir dir auch."

„Und wenn ich das nicht tue?"

„Willst du wirklich wissen, was dann passiert? Dann zwingst du uns, unsere härtesten Waffen einzusetzen."

Vor Schreck brachte ich keinen Ton hervor und nickte nur.

Der Vogel schüttelte sich vom Kopf bis zu den Flügelspitzen und wirkte nun noch zerzauster und unerbittlicher. „Schau. Wenn du nicht mitspielst, werden wir dir übel mitspielen. Sagen wir einfach, wir haben eine Armee von Spechten, die nur darauf wartet, dein Haus in Grund und Boden zu picken. Hast du mich verstanden?"

„Entweder helfe ich euch, oder ihr zerstört mein Zuhause?", kreischte ich. Ein Teil von mir wünschte sich, ich hätte Edwina da draußen gewähren gelassen, aber nur ein sehr kleiner Teil.

„Du hast es erfasst." Er spreizte einen Flügel zur Seite und verbeugte sich.

„Ich bin momentan ziemlich beschäftigt. Wir verreisen morgen, das heißt, ich werde für eine Woche weg sein."

„Dann lass dir etwas einfallen, damit du nicht mehr so beschäftigt bist", meinte die Möwe und kehrte mir den Rücken zu. Klasse, das half mir jetzt auch nicht weiter. Sie drehte den Kopf um fast hundertachtzig Grad nach hinten und starrte mich mit ihren kleinen Augen prüfend an. „Es sei denn, du willst deine verschollene leibliche Großmutter nicht kennenlernen."

3

ch erwiderte den Blick meines aufdringlichen Verfolgers und wagte nicht zu blinzeln, aus Angst, er könne verschwinden. „Sagtest du ...? M-M-Meine verschollene Großmutter?"

Der Vogel nickte selbstgefällig. „Wir Möwen halten stets die Augen offen und wissen, was zu Land, zu Wasser und in der Luft vor sich geht. Ich wusste sogar schon, wer du bist, bevor du mein Auftrag wurdest."

„Aber wie ist das möglich?"

Er streckte einen Flügel in meine Richtung und bewegte ihn sachte auf und ab. „Aber, aber. Das hieße ja, dich zu belohnen, bevor du uns überhaupt geholfen hast. Also, was sagst du? Bist du bereit, uns zu unterstützen?"

„Ja", antwortete ich ohne zu zögern. Seit Pringle Grandmas geheimen Brief stibitzt hatte, aus dem hervorging, dass mein leiblicher Großvater meine Mutter aus irgendeinem Grund quasi gekidnappt hatte, als sie noch ein Baby war, wollte ich unbedingt die Familie kennenlernen, von deren Existenz ich bis dato nichts geahnt hatte. Mein Großvater, William McAllister, war bereits gestorben, als wir von ihm erfuhren, aber Mom und ich hatten Kontakt zu einer Reihe anderer Verwandter aufnehmen können. Sie lebten in Georgia in einer Stadt namens Larkhaven.

Niemand wusste jedoch, wo meine leibliche Großmutter abgeblieben war. Niemand, außer dieser Möwe, wie es schien.

„Gut", sagte sie, bevor sie sich auf dem Armaturenbrett niederließ. „Da du keine Flügel hast, werden wir fahren."

Ich startete den Wagen. „Okay, und wohin?"

„Zum Schwarm, natürlich. Richtung Süd-Südwest."

Da ich es noch nie so ganz beherrscht hatte, in eine bestimmte Himmelsrichtung zu navigieren, fuhr ich einfach geradeaus. Beim Anfahren rutschte der Vogel ungeschickt auf den Sitz zurück, woraufhin er ab und zu hochhüpfte, um einen Blick durch die

Windschutzscheibe zu werfen und meine Fahrweise zu kritisieren.

„Doch nicht da lang. Süd-Südwest!", rief er.

Ich bog nach links ab, was ihn offenbar zufriedenstellte.

„Wie heißt du eigentlich?", fragte ich, nachdem wir eine Weile unterwegs waren.

„Ich bin Bravo. Zweiter Kommandant von Schwarm 82." Wow, das klang so offiziell. Ich hatte keine Ahnung, dass Vögel derart organisiert waren, und das auf eine mehr oder weniger militärische Weise.

„Wenn du der stellvertretende Befehlshaber bist, warum wurdest du dann als Stalker eingesetzt? Das scheint mir kein Job für einen Vogel deines Ranges zu sein."

Bravo gab ein leises, verärgertes Krächzen von sich. „Das habe ich auch gesagt, aber Alpha hat das nicht akzeptiert. Er meinte, du wärst zu wichtig, um dich einem Anfänger anzuvertrauen. Aber wenn du jetzt deinen Auftrag erfüllst, werde ich der Held sein. Vielleicht schaffe ich mir ein neues Nest an oder werde sogar unseren Alpha herausfordern."

„Ich verstehe nicht wirklich, wie das alles funktioniert", gestand ich. „Normalerweise haben Vögel zu viel Angst, um mit mir zu sprechen."

„Nicht zu viel Angst", korrigierte Bravo mich. „Wir finden euch flügellose Geschöpfe nur ein bisschen langweilig und anstrengend."

Wie nett. Doch ich nahm seine Bemerkungen nicht persönlich. Wenn ich fliegen könnte, würde es mir sicher auch so gehen.

„Wir sind da", verkündete Bravo, nachdem wir uns einige Minuten unangenehm angeschwiegen hatten. Er bedeutete mir, neben einer Reihe von Müllcontainern hinter einem Einkaufszentrum zu parken und auszusteigen.

„Was jetzt?", fragte ich verwirrt.

Er stieß einen gellenden Schrei aus, und sogleich tauchte eine weiße Armee über uns auf, die aus heiterem Himmel auf uns herabzustürzen schien.

Die dickste der Möwen landete genau zwischen mir und Bravo und musterte mich kritisch. „Ist sie das?"

„Hi. Ich bin Angie." Ich hielt ihm zur Begrüßung die Hand hin, zog sie aber sofort wieder zurück, als ich meinen Fauxpas bemerkte.

„Du siehst nicht wie eine Anwältin aus", keifte mein Gegenüber, der wohl Alpha sein musste. Er zog einen Fuß hoch und verbarg ihn in seinem Gefieder.

Mir wurde richtig unbehaglich zumute, und ich atmete hörbar aus. Vielleicht war es ganz gut, dass

Vögel sich für gewöhnlich nicht mit mir unterhalten wollten. Sie waren ehrlich gesagt schon ziemlich schräg. Und nicht nur das: Es wäre durchaus denkbar, dass Alpha schon beim kleinsten Missverständnis explodierte und mir die Augen auspickte. Dagegen erschien mir mein anspruchsvoller Kater auf einmal völlig harmlos.

Ich schüttelte den Kopf und zwang mich zu einem Lächeln. „Ich bin keine Rechtsanwältin. Ich bin Privatdetektivin."

Alpha legte den Kopf schief, blieb ansonsten jedoch stocksteif stehen. „Bist du nicht?", fragte er mich, während er seinen Stellvertreter bitterböse ansah.

Bravo zuckte zusammen. „Natürlich ist sie das. Ich habe sie in einer Kanzlei entdeckt, weißt du nicht mehr?"

„Ich war mal Rechtsanwaltsgehilfin, aber ..."

„Ach, hör auf", presste Bravo hervor.

„Deshalb wirst du nie eine Alphamöwe sein", rief der Anführer.

Aus dem Schwarm erhoben sich einige ärgerliche, höhnische Rufe, und Bravo vergrub sein Gesicht unter einem Flügel. Er tat mir ehrlich leid.

„Ich bin kein Anwalt, aber ich kann euch einen besorgen. Er würde euch auch nichts berechnen", stotterte ich. Plötzlich wollte ich dem armen Kerl unbedingt helfen, und das nicht nur, weil er wusste, wo ich meine verschollene Großmutter finden konnte.

Alpha streckte beide Flügel über den Kopf und öffnete den Schnabel zu einem Gähnen. „Okay, und weiter?"

„Er ist mein Freund. Ich kann ihn sofort anrufen."

„Kreisch nicht rum, mach hinne", erwiderte er und bedachte mich mit einem stechenden Blick.

Anscheinend wollte er, dass ich Charles schnellstmöglich herbeorderte. Also zückte ich gehorsam mein Telefon und betete, dass er nicht im Gericht oder in einer Besprechung mit einem Klienten wäre. Immerhin war es noch mitten am Nachmittag.

Er ging nach dem dritten Klingeln ran. „Angie. Ist alles in Ordnung?"

„Mir geht es gut, aber ich habe einen kleinen Notfall", murmelte ich.

„Wo bist du?"

Ich ging zum Eingang des Einkaufszentrums und nannte ihm den Namen des ersten Geschäfts, das ich sah. „In Dewdrop Springs", fügte ich hinzu.

„Ich komme so schnell wie möglich", versprach er, ohne nach weiteren Details zu fragen.

„Danke. Ich liebe dich", flüsterte ich, bevor ich den Anruf beendete. Ich würde ihm alles erklären, sobald er da war. Das heißt, sofern ich bis dahin herausgefunden hatte, worum es überhaupt ging.

„Und?", fragte Alpha und hüpfte um meine Füße herum.

„Er ist auf dem Weg", informierte ich ihn, und Bravo stieß einen erleichterten Seufzer aus.

„Wusste ich's doch, dass du die Richtige bist", gluckste er.

„Kannst du mir vielleicht erklären, was hier los ist?" Leider musste ich nun hier warten, bis Charles eintraf, um die Dinge zu regeln. Schließlich brauchte er mich als Dolmetscherin.

„Warum sollten wir dir irgendetwas sagen?", meinte Alpha abfällig. „Du bist doch nur die Vermittlerin."

Genau in diesem Moment flatterte Bravo auf meine Schulter und ließ sich auf dem weichen Stoff meiner Jacke nieder. Ich schrie vor Schreck auf und fuchtelte wild herum, um ihn loszuwerden, was mir letztlich auch gelang.

„Mensch, entspann dich", prustete er. „Das hier ist kein Hitchcock-Film, und ich bin kein Gruselvo-gel. Also mach dich mal locker."

Alpha lachte hämisch, und nun flog er auf meine Schulter. „Ich mag dich. Du bist lustig."

Ich musste mich wirklich am Riemen reißen, um ihn nicht abzuschütteln. Wenigstens mochte er mich, oder hatte er das nicht ernst gemeint?

„Weißt du eigentlich, dass dieser Film Wunder für uns bewirkt hat, für Generationen von Möwen? Bis heute lässt der gute alte Hitchcock die Menschen immer noch panisch vor uns weglaufen, während früher wir vor ihnen fliehen mussten – damals, in den dunklen Zeiten der Vogelgeschichte."

Ich nickte zustimmend und wunderte mich im Stillen, dass es offenbar tatsächlich Tiere gab, die noch eigenartiger waren als mein Kater. Und sogar eine ganze Gesellschaft von ihnen. „Ist es das, worum es hier geht?", fragte ich neugierig, um vielleicht doch noch etwas aus ihm herauszubekommen.

„Nein, nein, nein." Bravo kam herübergeflogen und nahm auf meiner anderen Schulter Platz, sodass ich nun von ihm und Alpha eingerahmt war, was mir kein gutes Gefühl gab. „Hier geht es überhaupt nicht um Menschen. Abgesehen von der Tatsache, dass wir eure Hilfe brauchen."

„Du sagtest, ihr braucht einen Anwalt", hakte ich nach. „Warum denn?"

„Wenn man es mit einem schwächeren Gegner zu

tun hat, bedarf es manchmal auch eines schwächeren Richters. Nichts für ungut. Da kommst du mit deinem Anwaltsfreund ins Spiel."

Autsch.

„Ein Gegner, hm? Hat euch jemand verklagt? Wird euch ein Verbrechen vorgeworfen?", Beides erschien mir gleichermaßen unwahrscheinlich wie lächerlich.

„Sei nicht albern. Hier geht es nicht um dumme Gesetze." Alpha beugte sich bedrohlich vor, und sein Schwarm brach in lautstarkes Geschrei aus. „Sondern um Krieg."

4

Während ich auf Charles wartete, schrieb ich Grandma eine Nachricht, dass ich später nach Hause kommen würde als erwartet. Normalerweise hätte ich sie kurz angerufen, denn mit Textnachrichten hatte sie es nicht so, jedoch war der Schwarm nach Alphas Kriegserklärung völlig in Aufruhr. Der Ort glich einem Pandämonium, und die Möwen schrien so laut, dass ich mich selbst kaum noch denken, geschweige denn sprechen hören konnte. Wahrscheinlich würde ich nach dieser Sache ein Hörgerät brauchen – und das mit Ende zwanzig. Hoffentlich würde Charles ihnen schnell helfen können, was auch immer sie genau brauchten, damit diese Unruhestifter wieder aus unserem Leben verschwanden.

Langsam brach die Dämmerung herein, und hier und da gingen Straßenlaternen und Leuchtreklamen an. Mir wurde ganz mulmig zumute, weil ich allein und schutzlos in diesem Gewerbegebiet stand, in einer Stadt, die für ihre hohe Kriminalitätsrate berüchtigt war, und umringt von einem seltsamen Möwenschwarm.

Sobald sein schicker Wagen auf den Parkplatz des Einkaufszentrums rollte, flitzte ich zu ihm hinüber. Seit einiger Zeit joggte ich zwischendurch immer öfters, obwohl ich genauso gut hätte gehen können. Das hatte ich Grandma und unserem neuen morgendlichen Trainingsprogramm zu verdanken. Seitdem fühlte ich mich wohler in meinem Körper – stärker und schneller. Na ja, zumindest teilweise. Meine Großmutter rannte mir allerdings immer noch locker davon.

Charles parkte, öffnete im nächsten Augenblick die Tür und stieg eilig aus. Sofort warf ich mich in seine Arme. Zugegeben, es war übertrieben dramatisch, doch schließlich würde ich morgen zu einer längeren Reise quer durchs Land aufbrechen, und ich vermisste ihn jetzt schon ganz schrecklich.

„Was ist los?", fragte er und trat einen Schritt zurück, um mich anzusehen.

Rasch wischte ich mir eine Kullerträne weg, die

ich da erst bemerkte. Eindeutig zu viel Drama. „Mir geht's gut. Es ist nur …"

Bevor ich den Satz beenden konnte, kam der Schwarm mit schnellen Flügelschlägen und ohrenbetäubenden Schreien herbeigeflattert.

„Ist das der Typ? Ist das unser Anwalt?", kreischte Alpha, während er dicht über unseren Köpfen kreiste.

Charles hob einen Arm abwehrend in die Höhe und drückte mich mit dem anderen an seine Brust. Er sagte nichts, aber ich spürte sein starkes Herzklopfen an meiner Wange und seine schnellen Atemzüge in meinem Haar.

Bravo lachte zynisch, als er auf der Motorhaube von Charles' Auto landete. „Das Hitchcock-Manöver, haha. Damit kriege ich sie jedes Mal."

Okay, das reichte jetzt!

Ich befreite mich aus Charles' schützendem Griff und drehte mich zu dem Schwarm um, wobei ich Bravo, der mir am nächsten war, mit dem Finger heranwinkte. „Wenn ihr unsere Hilfe wollt, lasst ihr diesen Hitchcock-Unsinn ab sofort bleiben, ist das klar?"

„Die wollen uns nur Angst einjagen?", fragte Charles mit erstickter Stimme. „Zum Spaß?"

Ich nickte, während ich warnende Blicke in Richtung der Vögel warf. „Sie haben mir außerdem gedroht. Sie meinten, sie würden eine Armee von Spechten bei mir vorbeischicken und mein Haus verwüsten lassen, wenn ich mich weigere, bei ihrem Plan mitzumachen."

„Das gefällt mir gar nicht." Charles' Augen wanderten zwischen mir und den Vögeln hin und her. Für ihn war es immer eine schwierige Situation, wenn er an einem Gespräch mit den Tieren teilhaben wollte, aber nur mich verstehen konnte. Trotzdem gab er sein Bestes. „Ich bin mir nicht sicher, ob wir ihnen helfen sollten, wenn sie sich so benehmen."

Ach, der Gute. Er würde eines Tages einen großartigen Vater abgeben. Die Sache mit der liebevollen Strenge hatte er auf jeden Fall schon prima drauf.

„Was?", krächzte Alpha. „Aber du hast gesagt, er wäre Anwalt und könnte uns vertreten. Er kann nicht einfach nein sagen. Du hast es uns versprochen."

Ich seufzte, um mir etwas Zeit zu verschaffen, und antwortete schließlich: „Ja, wir werden euch helfen, aber nur, wenn ihr versprecht, euch von nun an zivilisiert aufzuführen."

Alpha hob beide Flügel über den Kopf und verneigte sich. „Versprochen, bei meiner Vogelehre."

Ich war mir nicht sicher, wie sehr ich seiner Ehre trauen konnte, hoffte jedoch das Beste.

„Angie", presste Charles zwischen zusammengebissenen Zähnen hervor, offenbar weit weniger besänftigt von Alphas Versicherung. „Kann ich dich einen Moment im Auto sprechen?"

„Ich bin gleich wieder da", informierte ich die Möwen und stieg auf der Beifahrerseite ein. Offenbar hatte er auf dem Weg hierher die Sitzheizung für mich eingeschaltet, weil er wusste, dass ich es liebte, wenn es schon beim Einsteigen muckelig warm war.

Sobald sich die Tür hinter mir geschlossen hatte, sprach Charles in einem hastigen Flüsterton. In seinen Augen spiegelte sich Besorgnis wider – keine Spur von Verärgerung oder gar Wut. „Wollt ihr nicht morgen früh los nach Colorado? Warum hals du dir das jetzt auch noch auf?"

Er hatte natürlich recht. Das Timing war katastrophal, aber was sollte ich denn machen? „Ich hatte keine große Wahl", antwortete ich leise und wünschte, ich hätte überzeugender geklungen, um seine Zweifel zu zerstreuen.

„Man hat immer eine Wahl. Und egal, was für ein Problem diese Möwen haben, sie können es selbst lösen. Du musst ausgeruht sein, um dich auf die lange Autofahrt konzentrieren zu können, damit ihr sicher ankommt. Alles andere ist zweitrangig."

Ich wusste es zu schätzen, dass Charles immer nur mein Bestes im Sinn hatte, auch wenn er dafür selbst zurückstecken musste. Allerdings kannte er leider noch nicht die ganze Wahrheit, und natürlich war es durchaus möglich, dass Bravo gelogen hatte, nur um mich hierher zu locken.

Dennoch bestand eine Chance, wenngleich ich nicht wusste, wie groß diese wirklich war, endlich das Loch in meinem Herzen zu füllen, das sich aufgetan hatte, als Pringle die geheime Vergangenheit unserer Familie enthüllte. Ein Teil von mir fehlte, und diese Vögel wussten möglicherweise, wo ich diesen finden konnte. Ich musste die Gelegenheit nutzen, nicht nur für mich, sondern auch für meine Mom. Sie hatte ihre biologischen Eltern nie kennengelernt und verdiente es, nun zumindest ihre leibliche Mutter zu treffen und zu erfahren, warum das damals alles so gekommen war.

Ich schluckte schwer, dann erwiderte ich schließlich seinen Blick. „Sie haben gesagt, sie wüssten, wo meine Großmutter ist", verriet ich ihm und atmete langsam und zittrig aus.

Er neigte den Kopf zur Seite, sichtlich verwirrt

über das, was ich ihm da gerade eröffnet hatte. „Ja, sie ist zu Hause und bereitet sich auf die Reise vor. Wahrscheinlich backt sie gerade die vierte Ladung Kekse für die Fahrt."

Ich schüttelte den Kopf, legte ihm eine Hand auf die Schulter und versuchte es erneut. „Nein, die andere."

„Deine biologische Großmutter?", japste er. „Aber niemand weiß, was mit ihr passiert und wo sie abgeblieben ist."

Ich deutete mit dem Kinn in Richtung des Schwarms. „Sie behaupten, sie wüssten es."

„Und du glaubst ihnen?" Charles hob argwöhnisch eine Braue. Ich war mir nicht sicher, ob er mich für verrückt hielt, weil ich den Möwen vertraute, da er schon bei seiner ersten kurzen Begegnung mit ihnen erlebt hatte, dass sie nach ihren eigenen Regeln spielten. Aber ich hatte mich entschieden. Jetzt brauchte ich nur noch die richtige Einstellung, mit der ich an die Sache herangehen wollte, und da war es vielleicht besser, die Zweifel beiseitezuschieben und das Beste daraus zu machen, egal wie seltsam es auch sein mochte.

„Ja, ich denke schon", antwortete ich nach kurzem Zögern. „Und selbst wenn ich mich täusche, muss ich es trotzdem versuchen."

Er ergriff meine Hand und küsste sie. Als er sie wieder losließ, huschte ein breites Lächeln über sein Gesicht, was ihn noch attraktiver machte. „Dann lass uns mal loslegen und ein paar Möwen helfen." Mit diesen Worten wandte er sich zur Fahrertür um.

5

ch klammerte mich an Charles' Hand, während Alpha und der Rest von Schwarm 82 uns zur Rückseite des Einkaufszentrums führten. Wir durchquerten dichtes Gebüsch und erreichten schließlich eine öde, struppige Wiese, die wahrscheinlich noch bis vor Kurzem mit Schnee bedeckt gewesen war.

Alpha ließ sich darauf nieder und gab den anderen ein Zeichen, es ihm gleichzutun. „Jetzt, wo wir etwas mehr Privatsphäre haben, können wir anfangen", verkündete die Leitmöwe und flog mir wieder auf die Schulter.

Charles zuckte zusammen und drückte meine Hand noch fester, blieb aber an meiner Seite.

„Okay, dann verrate uns mal, wie wir euch helfen

können", ermunterte ich ihn mit einem leichten Nicken. Ich wollte ihn auf keinen Fall verärgern, denn sein Schnabel war meinem Gesicht im Moment bedrohlich nahe.

Alpha drehte den Kopf in einem seltsamen Winkel, um mich anzustarren, und kam mir mit seiner spitzen Waffe noch näher. „Wie ich bereits erwähnt habe, ist dies eine äußerst dringende Angelegenheit. Schwarm 84 hat uns den Krieg erklärt, und wir haben zehn Tage Zeit, eine friedliche Lösung zu finden, bevor diese Deklaration offiziell wird. Einen Kampf wollen wir allerdings unbedingt vermeiden, da ..."

„Warte", murmelte ich. „Ich muss das kurz für Charles übersetzen."

Alpha gab einen mürrischen Laut von sich, wartete jedoch ab, bis ich meinem Freund alles mitgeteilt hatte.

„Okay", sagte ich anschließend, „mach einfach alle paar Sätze eine Pause, damit ich hinterherkomme."

Er schüttelte sein Gefieder und krallte sich schmerzhaft an meiner Schulter fest, um das Gleichgewicht zu halten. „Wie schon gesagt, wollen wir einen Krieg um jeden Preis vermeiden, denn

Schwarm 84 ist viel größer und besser für einen Kampf gerüstet."

„Wie läuft so eine Schlacht zwischen Möwen denn ab?", fragte ich und konnte mir das Lachen kaum verkneifen, weil ich plötzlich ein Bild von wütenden weißen Vögeln vor Augen hatte, die sich um Fast-Food-Reste stritten. Diese Szene hatte ich seit meiner Kindheit unzählige Male in der Bucht beobachtet.

„In etwa so." Alpha pickte hart gegen mein Schlüsselbein. Er hatte nicht viel Kraft aufgewendet, aber es tat trotzdem höllisch weh.

Ich schüttelte ihn von meiner Schulter und rieb mir die schmerzende Stelle, was Charles dazu veranlasste, wieder in den Beschützermodus zu wechseln. „Wenn du ihr noch einmal wehtust, beende ich euren Krieg, bevor er überhaupt angefangen hat, indem ich euch alle an meine Katzen verfüttere!"

Ein panisches Gezeter erhob sich, und mehrere Möwen ergriffen die Flucht, um sich vor diesem Menschen in Sicherheit zu bringen, der mit ihrem größten Feind im Bunde stand.

„Wenn wir euch respektieren sollen, dann müsst ihr uns aber auch respektieren", kreischte mich die Möwe an. „Du hast gerade gelacht, obwohl Dutzende

Mitglieder meines Schwarms abgeschlachtet werden könnten."

Sofort wurde mir bewusst, wie recht er hatte. Es war unsensibel von mir gewesen, denn es ging hier allem Anschein nach um Leben und Tod. „Es tut mir leid", sagte ich nachdrücklich und hatte das Gefühl, meine Stimme würde in der Dunkelheit widerhallen wie eine Glocke. „Bitte fahr fort. Wir sind bereit, euch zu helfen, wo wir können."

„Wir haben zehn Tage Zeit, um eine friedliche Lösung zu finden, und da wir der angegriffene Schwarm sind, dürfen wir bestimmen, welches Recht gelten soll. Wir haben uns für das menschliche Recht entschieden, und da kommst du mit deinem ungehobelten Freund ins Spiel."

Ich übersetzte das für Charles, ließ die Beleidigung jedoch weg.

„Warum haben sie sich denn für die menschlichen Gesetze entschieden?", fragte er mit gerunzelter Stirn.

Das war eine gute Frage, auf die auch ich gerne eine Antwort gehabt hätte.

„Wie mein stellvertretender Kommandant dir sicher schon gesagt hat, beobachten wir die Menschen. Besonders diejenigen von euch, die die Gabe besitzen, mit uns zu sprechen. Alle Vögel sind

Späher, aber kein Schwarm ist so wachsam wie Nummer 82. Wir wussten, dass wir uns an dich wenden können, weil du uns verstehst und juristische Kenntnisse besitzt. 84 wird es schwer haben, innerhalb der Frist jemanden zu finden, der sie verteidigt und der vor allem genügend Beweise vorlegen kann."

„Das macht Sinn, aber wofür kämpft ihr denn?", fragte ich und hoffte, endlich eine Erklärung zu bekommen, um zu verstehen, worum es dem Schwarm eigentlich ging und wie Charles und ich uns dafür einsetzen konnten.

„Land", erwiderte er knapp.

Als er nicht weiter darauf einging, ergriff Bravo das Wort: „Unser Nachbarschwarm, Nummer 83, ist vor einiger Zeit verschwunden. Wir gingen davon aus, sie hätten ihr Revier aufgegeben, deshalb haben wir uns dort niedergelassen. Aber dann haben die von 84 auf einmal Ansprüche erhoben. Sie meinen, das Land stünde ihnen zu, weil ihr Schwarm größer ist."

„Und warum meint ihr, dass es euch zusteht?", fragte ich, wobei ich mir nicht anmerken ließ, dass ich die Gründe des gegnerischen Schwarms durchaus nachvollziehen konnte.

Alpha verengte die Augen und fixierte mich –

zumindest hatte ich den Eindruck, dass er das tat. Bei Vögeln war das schwer zu sagen, da sich ihre Augen eher seitlich am Kopf befanden. „Weil wir zuerst hier waren. Außerdem liegt das ehemalige Terrain von 83 genau neben unserem."

„Moment, du meinst, das hier?", fragte ich ungläubig und quietschte, weil Alpha erneut seinen Platz auf meiner Schulter eingenommen hatte. Es konnte unmöglich um ein Gewerbegebiet am Rande von Dewdrop Springs gehen. Die Mieten hier lagen weit unter dem Durchschnitt, weil nicht viele Leute freiwillig einen Fuß in diese heruntergekommene Stadt setzten.

Alpha hüpfte von meiner Schulter auf Charles' Oberarm und kletterte mithilfe seines Schnabels auf dessen Schulter. „Das hier ist nur ein kleiner Teil des Territoriums. Wir Vögel legen an einem Tag sehr viele Kilometer zurück, daher haben wir natürlich große Reviere, die mehrere menschliche Städte umfassen."

„Gehört Glendale auch dazu? Da wohnen wir." Es war mir völlig neu, dass Vögel konkrete Reviergrenzen hatten, doch jetzt, wo ich darüber nachdachte, leuchtete es mir ein, genauso wie ihre Schwarmhierarchie und das Fehlen eines formellen Rechtssystems.

„Ja", antwortete Alpha knapp. „Mit dem neuen Territorium gehört die gesamte Bucht nun uns. Allerdings müssen wir den Krieg vermeiden, damit das so bleibt."

„Und du weißt, wo ich meine Großmutter finden kann?" Ich wollte mich versichern, dass das auch stimmte, denn nur davon hing es ab, ob wir uns hier weiter engagieren würden. „Heißt das, sie lebt nicht weit von hier entfernt? Irgendwo in der Nähe der Bucht?"

„Sie ist näher, als du denkst", erwiderte er, und diese kryptische Aussage machte mich total kirre. Er schüttelte erneut sein Gefieder, was Charles einen ziemlichen Schreck einjagte. „Ganz genau kann ich es dir nicht sagen. Bravo ist derjenige, der diese Dinge verfolgt."

„Aber du bringst mich zu ihr, wenn wir euch helfen?" Ich bettelte förmlich um diese Bestätigung, die mir in diesem Moment wichtiger als alles andere war.

„Wenn eure Hilfe zum Erfolg führt, dann ja."

„Das werden wir", versprach ich, denn es schien die einzige Möglichkeit zu sein. „Wir werden für euch gewinnen."

Er nickte. „Gut."

„Angie", flüsterte Charles. „Du darfst dem

Klienten niemals versprechen, dass du seinen Fall gewinnst, sondern nur, dass du mit allen Mitteln für ihn kämpfen wirst."

„Ich bezweifle, dass man dir wegen der Art, wie du einen Möwenschwarm in Dewdrop Springs vertrittst, die Zulassung entzieht", erwiderte ich mit einem nervösen Kichern.

„Wenn dein Partner Zweifel hat", warnte Alpha und warf mir einen ernsten Seitenblick zu, „dann können wir das Ganze auch lassen. Das Leben meines Schwarms steht auf dem Spiel."

„Nein, nein, nein!", rief ich. „Wir helfen euch. Charles ist nur immer zu bescheiden. De facto ist er der beste Anwalt in ganz Maine. Das verspreche ich dir."

„Angie …", begann mein Freund erneut.

Diesmal unterbrach ihn Alpha. „Um deine Bezahlung brauchst du dir keine Sorgen zu machen. Der Schwarm wird etwas arrangieren, um dich für deine Bemühungen zu entlohnen."

Ich übersetzte das schnell für ihn.

„Es geht mir nicht ums Geld oder was auch immer ihr da im Sinn hattet. Ich kann nur kein Versprechen geben, bevor ich nicht weiß, ob ich es halten kann. Aber ich werde auf jeden Fall alles für euch tun, was in meiner Macht steht." Charles riskierte es, den Kopf zu wenden und Alpha in die Augen zu sehen. „Auch ich möchte deinen Schwarm unterstützen, um diesen Krieg zu verhindern. Und ich denke, es gibt sehr gute Argumente zu eurer Verteidigung. Ich werde euch nach bestem Wissen und Gewissen vertreten. Ich verliere nicht oft vor Gericht und habe es auch dieses Mal nicht vor."

„Dann bin ich zufrieden", sagte Alpha mit einem knappen Nicken. „Wir treffen uns morgen wieder, um eure Fortschritte zu besprechen. Ich schicke Bravo."

Mit einem kollektiven Kreischen erhoben sich die Möwen in den düsteren Himmel, und Charles und ich machten uns auf den Weg zurück zum Parkplatz.

Zehn Tage. Wenn alles nach Plan lief, würde ich meine verschollene Großmutter in nur zehn Tagen endlich kennenlernen. Ich konnte es noch immer nicht glauben.

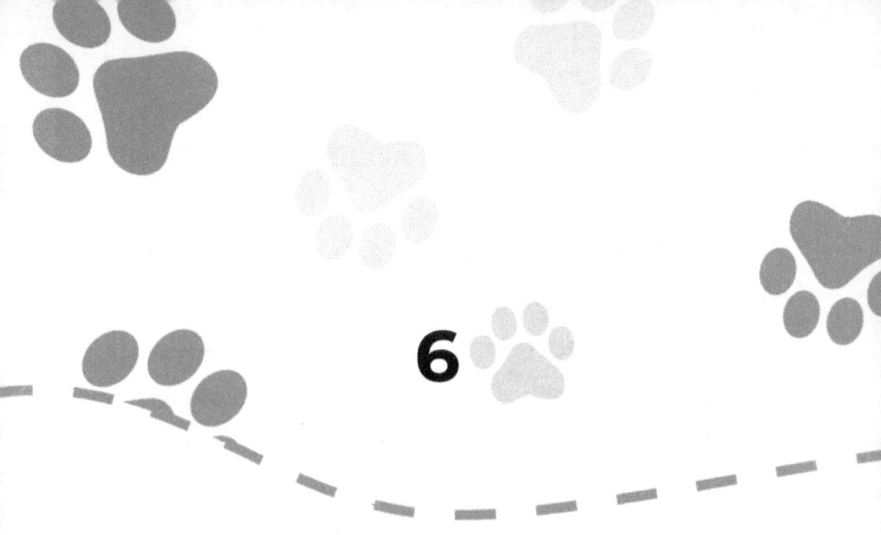

6

Nachdem Alpha und sein Schwarm uns so unvermittelt stehengelassen hatten, fuhren Charles und ich zu einem kleinen Diner etwas außerhalb von Dewdrop Springs, jeder mit seinem eigenen Auto. Er bestellte einen Kaffee, aber ich brauchte Nervennahrung und entschied mich für einen Eisbecher mit heißer Karamellsoße und Amarenakirschen.

„Wie sieht unser Plan aus?", fragte er beiläufig, während er die dampfende Tasse in beiden Händen hielt.

Nicht einmal das süße Eis konnte mich über die bittere Entscheidung hinwegtrösten, die ich nun treffen musste. Unruhig stocherte ich mit dem langen

Löffel in dem Glasbecher herum und stieß einen lauten Seufzer aus.

„Ich werde Octocat sagen, dass wir nicht zu Grizabella fahren können. Er wird ganz und gar nicht begeistert sein, aber wir machen das ein anderes Mal, so bald wie möglich. Das hier ist einfach eine einmalige Gelegenheit, und die kann ich mir nicht entgehen lassen, sonst lerne ich meine leibliche Großmutter vielleicht nie kennen."

Charles sog die Luft durch die Zähne ein und betrachtete mich stirnrunzelnd. „Ich denke, du solltest deine Reisepläne nicht so kurzfristig ändern. Du weißt sicher noch besser als ich, wie launisch Octocat für den Rest seines Lebens sein wird, wenn du es doch tust."

Ich lehnte mich zurück in das rot-weiße Vinylpolster der Sitzecke. Er hatte recht, wie immer. Octocat würde es mir auf übelste Weise zu spüren geben, wenn ich ihn enttäuschte, aber ich sah im Moment einfach keine Alternative. „Habe ich denn eine andere Wahl?", fragte ich resigniert.

„Du fährst wie geplant. Ich kümmere mich hier um alles." Mit diesen Worten zog er meinen Eisbecher auf seine Seite des Tischs und mopste sich eine Kirsche.

„Du kannst nicht mit ihnen reden", erinnerte ich ihn, beugte mich zu ihm hinüber, griff nach dem Becher und schob mir die restlichen Kirschen in den Mund.

Charles lächelte. „Du unterhältst dich doch mit Octocat über FaceTime, oder? Meinst du nicht, das könnte auch mit den Möwen funktionieren?"

„Aber was ist mit deiner Arbeit? Du warst in letzter Zeit immer so beschäftigt. Ich möchte nicht, dass du dir noch mehr aufbürdest ..."

„Angie, entspann dich. Es ist alles in Ordnung. Ich will dir helfen. Außerdem ist meine Freundin ab morgen für eine Woche nicht da. Also brauche ich eine neue Freizeitbeschäftigung, um mich abzulenken. Alles gut." Er zuckte mit den Schultern und nahm einen großen Schluck von seinem Kaffee.

Ich wartete ab, bis er die Tasse wieder abgestellt hatte. „Bist du sicher?"

Er nahm meine Hände und verschränkte seine Finger mit meinen. „Absolut. Diese Reise ist wichtig für dich und deinen Kater. Außerdem habe ich schon einige Präzedenzfälle im Kopf, sodass es ein Kinderspiel sein sollte, diese Verhandlung zu gewinnen."

„Du bist zu gut zu mir", seufzte ich erleichtert. Vor allem, wenn man berücksichtigte, dass er sich vor dem Schwarm zu fürchten schien. Aber das sprach ich natürlich nicht laut aus.

„Ach was, kein Ding. Du sagtest, sie hätten eine Frist von zehn Tagen, und bis dahin wirst du zurück sein. Wir können das also gemeinsam zu Ende bringen."

„Klingt perfekt." Das fand ich wirklich.

Doch dann verhärteten sich Charles' Gesichtszüge, und er lehnte sich zurück. „Eines finde ich allerdings merkwürdig. Sie haben erwähnt, dass Schwarm 83 verschwunden sei, aber warum oder wohin ... das haben sie nicht gesagt."

Ich schaufelte mir gerade den Rest der Karamellsoße in den Mund und stöhnte vor Genuss. „Es sind Vögel. Die ziehen nun mal umher. Das ist sicher nichts Ungewöhnliches."

Charles biss sich auf die Lippe und nickte. „Wahrscheinlich nicht. Trotzdem würde ich mich besser fühlen, wenn ich weitere Details hätte. Es könnte mir auch bei der Verteidigung des Falls helfen."

„Das kann ich dir nicht genau sagen, aber ich wette, wenn du Bravo dazu bringen könntest, allein mit dir zu reden, ohne dass Alpha dabei ist, wäre er wesentlich zugänglicher."

„Na gut, das werde ich versuchen. Und jetzt

erzähl mir, was du heute gemacht hast, bevor dir diese Vögel in die Quere kamen."

Wir lachten und plauderten, bis ich den allerletzten Klecks der süßen Verführung aus dem Eisbecher gekratzt hatte. Leider verging die Zeit viel zu schnell und wir mussten los, denn für den nächsten Tag hatten wir beide eine Menge vor.

Charles stand auf, streckte mir die Hand entgegen, und gemeinsam verließen wir das Lokal. „Ich werde dich so sehr vermissen", raunte er mir auf dem Parkplatz zu und gab mir einen Abschiedskuss, der nun für eine ganze Woche würde vorhalten müssen.

bwohl ich das Haus heute Morgen schon früh verlassen hatte, um meine Besorgungsliste abzuarbeiten, kam ich erst um kurz nach acht Uhr abends wieder daheim an. Zu der Zeit war Paisley normalerweise schon am Schlafen. Die kleine Chihuahua-Hündin, die dösend neben der Haustür auf mich wartete, hob müde den Kopf und klopfte mit dem Schwanz auf den Parkettboden.

„Da bist du ja, Mami. Ich konnte nicht schlafen, weil du noch nicht zurück warst und ich nicht wusste, ob es dir gut geht."

Ich stellte meine Taschen auf dem Boden ab, nahm sie auf den Arm und gab ihr einen Kuss auf die Stirn. „Jetzt bin ich wieder da, meine Süße. Geh schön in dein Bettchen."

Sie leckte mir die Hände, als ich mich bückte, um sie abzusetzen, und rannte dann die Treppe hinauf, um Grandma zu suchen, wobei ihr Schwänzchen unentwegt hin und her wackelte.

Von Paisley bekam man immer eine herzliche Begrüßung, darauf war Verlass. Octocat hingegen sah nicht erfreut aus, mich zu sehen.

„Du hast lange gebraucht", brummte er von seinem Sitzplatz auf halber Höhe der Treppe. „Hast du wenigstens alles auf meiner Liste bekommen?"

„Abgesehen von dem Zeug, das Grandma übernommen hat, ja. Übrigens, gern geschehen."

„Zeug", sagte er mit einem Gähnen. „Ich mag es nicht, wenn du meine Sachen so nennst."

Meine Güte, was stellte er sich wieder an. Dabei war seine Wunschliste ein buntes Sammelsurium gewesen, von einer bestimmten Marke Krabbencocktail bis hin zu diesem blöden Hörbuch. Und „Zeug" erschien mir dafür durchaus passend.

„Warum kommst du eigentlich so spät?", fragte er mürrisch und lief vor mir die Treppe hinauf, während ich langsam hinter ihm her stapfte.

„Mir ist etwas dazwischengekommen, genauer gesagt, ein paar Möwen", murmelte ich, weil ich das jetzt wirklich nicht vertiefen wollte.

Octocat machte tatsächlich einen Buckel und besaß die Unverfrorenheit, mich anzufauchen. „Du lässt mich doch nicht im Stich, oder? Das wäre die blödeste Ausrede, die du dir je hast einfallen lassen."

Oh, wenn er nur wüsste, dass ich drauf und dran gewesen war, den Trip abzublasen. Er hatte Glück, dass ich ihn und Charles mich so sehr liebte.

„Wir machen uns morgen in aller Frühe auf den Weg. Ich werde startklar sein. Okay?" Ich hätte ihm an dieser Stelle besser eine Standpauke zu seinen schlechten Manieren und seiner Undankbarkeit gehalten, war aber einfach zu müde, um mich weiter mit ihm zu beschäftigen.

„Gut", sagte er, stolzierte den Flur entlang zu seinem Zimmer und schlüpfte durch die einen Spaltbreit geöffnete Tür.

Ich schüttelte den Kopf und ging die Treppe hinauf in mein Turmzimmer. Zweifellos hatte ich eine anstrengende Woche vor mir. Allein die Fahrt würde pro Strecke etwa dreißig Stunden dauern – Pausen nicht mit eingerechnet. Zum Glück würde ich mich am Steuer mit Grandma abwechseln, obwohl ich die Tour viel lieber mit meinem geräumigeren alten Auto gemacht hätte, doch sie bestand auf ihr kleines Sportcoupé.

Dem Besuch bei Grizabellas Besitzerin Christine sah ich mit gemischten Gefühlen entgegen. Es könnte ein wenig unangenehm werden, denn sie wusste nicht, dass ich mit Tieren sprechen konnte, und ich wollte es lieber dabei belassen. Also hatte ich mir eine ziemlich abwegige Ausrede einfallen lassen. Ich hatte ihr erzählt, dass ich zu einer Konferenz in ihrer Stadt wollte und es toll fände, wenn sie auf Octocat aufpassen könnte, während ich daran teilnahm.

Diese Geschichte hatte sie mir glatt abgekauft. Ich meine, warum sollte sie auch vermuten, dass ich mir das ausgedacht hatte? Auch wenn es eine Notlüge war, fühlte ich mich schlecht deswegen. Trotzdem wollte ich nicht riskieren, dass jemand von meiner verrückten – und mitunter stressigen – Fähigkeit erfuhr.

Das mit den Möwen heute war zwar ein ungeplanter Zwischenfall gewesen, aber unsere Reise würde planmäßig stattfinden, und über bestimmte Details wollte ich mir jetzt nicht den Kopf zerbrechen. Ich würde die Dinge einfach auf mich zukommen lassen.

Und so schaffte ich es, mein Gedankenkarussell anzuhalten. Meine letzte Überlegung, bevor ich einschlief, galt meinem Kater: Hoffentlich wusste er, wie sehr ich ihn liebte, und hoffentlich würde er zumindest versuchen, für die Dauer der Reise nett zu mir zu sein.

Ja, ich glaubte anscheinend immer noch an Wunder.

7

ch erwachte durch das Getrappel von vier kleinen Pfoten, die die Treppe zu meinem Zimmer mehrfach rauf und runter liefen. Dann verstummte dieses Geräusch und ein langgezogenes Maunzen ertönte vor meiner Tür.

„Miaaauuu!", rief Octocat wie besessen. Er schien seine fünf Minuten zu haben, denn das Spektakel wiederholte sich sogleich. Er raste die Treppe hinunter, schoss nach oben und stieß ein weiteres gellendes Miauen aus – Zoomies, ganz eindeutig. Ich musste laut kichern. Solche Hyperaktivitätsanfälle waren bei ihm selten, aber wenn er sie bekam, tat mir nachher immer der Bauch weh vor Lachen, weil er dann die verrücktesten Sachen anstellte.

„Anscheinend ist da jemand ganz schön aufgeregt

wegen unserer großen Reise", rief ich, nachdem ich die Tür schwungvoll geöffnet hatte.

Mein Kater stürmte so schnell ins Zimmer, dass ich nur einen braunen Schemen erkennen konnte. Vor meinem Bett bremste er kurz ab, sprang hinauf, stürzte sich auf mein Kissen und hüpfte mit den Vorderpfoten auf und ab. „Es ist Morgen. Können wir jetzt fahren? Miauuu-miauuu!" Und blitzschnell war er wieder weg.

Meine Augen wanderten zum Fenster. Draußen herrschte völlige Dunkelheit. Nicht der kleinste Dämmerungsstrahl war zu sehen. Wir hatten zwar vorgehabt, früh aufzustehen, aber so früh?

Ein rascher Blick auf mein Handy bestätigte mir, dass es erst kurz nach vier war. Ursprünglich war geplant, um sechs Uhr aufzubrechen ...

Na schön. Es hatte keinen Sinn, mich über den verlorenen Schlaf zu beklagen oder zu versuchen, mich noch einmal hinzulegen, bevor wir losfuhren. Octocat war viel zu aufgeregt und würde mir keine Ruhe lassen.

Rasch suchte ich mir etwas zum Anziehen heraus. Ich entschied mich für eine blaue Jogging-hose mit weißen Punkten und ein T-Shirt, das auf der Vorderseite einen frech grinsenden Garfield zeigte, der meinem Kater nicht unähnlich sah, wie ich fand.

Als ich es das erste Mal trug, hatte Octocat extrem beleidigt reagiert und gemeint, er verbitte sich den Vergleich mit diesem adipösen Taugenichts. Seitdem hatte ich es nicht mehr angehabt, doch heute schien der perfekte Tag dafür zu sein. Nicht nur, weil es total bequem war, immerhin würden wir lange im Auto sitzen, sondern auch, weil ich mich damit ein wenig dafür rächen wollte, dass er mich so früh aus dem Bett geschmissen hatte. Ich lächelte in mich hinein, während ich mein Haar zu einem lockeren Dutt hochsteckte und Lipgloss auftrug.

Unten angekommen, mit meinem wahllos gepackten Koffer im Schlepptau, fand ich Grandma voller Elan in der Küche vor. Sie hielt mir einen Alu-Reisebecher hin, den ich dankend entgegennahm. Kaffee!

Gerade als ich den ersten herrlichen Schluck getrunken hatte, rannte Paisley ins Zimmer und sang: „Oh, was für ein schöner Tag für ein Abenteuer!"

Dann kam sie fiepend zu mir gesaust und stellte sich auf die Hinterbeine, was hieß, dass sie auf den Schoß genommen werden wollte.

Ich setzte den Becher ab, und erst jetzt registrierte ich, was die kleine Hündin anhatte. „Grandma", rief ich schockiert. „Was hast du mit ihr gemacht?"

„Das ist ihr Reise-Look. Gefällt er dir nicht?"

Großmutter tätschelte das pinke Tuch, das sie sich lose um Hals und Kopf gewickelt hatte, und das genauso aussah wie das der Chihuahua-Hündin. Natürlich mit einem Paisley-Muster.

Außerdem trug Paisley eine pinkfarbene Schutzbrille, die gegen den Wind helfen sollte, wie Grandma später erklärte, was wohl bedeutete, dass wir zumindest einen Teil der Fahrt mit offenen Fenstern zurücklegen würden. *Octocat würde die Krise kriegen.*

Und tatsächlich, nachdem wir alle ins Auto gestiegen waren – Großmutter auf dem Beifahrersitz, ich am Steuer und die Haustiere sowie ein Teil des Gepäcks auf dem engen Rücksitz des Sportcoupés – ließ sie sofort beide Fenster herunter.

„Ich hätte damals besser ein Cabrio gekauft", meinte Grandma, woraufhin Octocat, der sich endlich wieder beruhigt hatte, entsetzt das Gesicht verzog.

„Können wir nicht doch mit meinem Wagen fahren?", versuchte ich es ein letztes Mal.

Sie drehte sich entgeistert zu mir um. „Natürlich nicht! Was nützt einem ein schönes Auto, wenn man es nie benutzt?"

Tja, einen schicken Sportwagen besaß ich natürlich nicht, und da wir uns abwechseln würden, beließ ich es dabei. Unser Ziel war es, in einem Rutsch bis nach Colorado durchzufahren, sie und ich im Wechsel, sodass jeder zwischendurch etwas schlafen konnte. Ich hätte es vorgezogen, unterwegs in einem Motel Halt zu machen, um mich auszuruhen, aber als Grandma vorschlug, die Strecke ohne Übernachtungspausen zurückzulegen, war auch Octocat nicht mehr davon abzubringen. Zweifellos würde ich jede Menge Koffein benötigen, um das durchzustehen.

Müde, aber entschlossen, fuhr ich los. Paisley, die direkt hinter mir saß, gab ein fröhliches Bellen von sich und stimmte dann wieder ihr Lied von vorhin an, nur noch lauter. Die eisige Morgenluft strömte ins Auto, und als wir schneller wurden, sprang die Chihuahua-Hündin über die Mittelkonsole nach vorne und kletterte auf Grandmas Schoß, um ihren Kopf aus dem Fenster zu strecken.

„Siehst du", gluckste Grandma. „Und du dachtest, die Brille wäre überflüssig."

„Können wir jetzt bitte das Fenster schließen und die Heizung einschalten?", stöhnte mein Kater. Er hatte Autofahren noch nie gemocht, aber wenigstens hatte er sich mittlerweile so weit daran gewöhnt, dass er sie ertrug, ohne sich an meinen Oberschenkeln festkrallen zu müssen, was ich in schmerzhafter Erinnerung hatte.

„Du hast uns alle zwei Stunden zu früh geweckt. Es wird noch eine ganze Weile ziemlich kalt und dunkel da draußen sein", sagte ich seufzend.

„Dunkel stört mich nicht, aber muss es denn so kalt sein?" Ich schaute ihn im Rückspiegel an, und er starrte mit seinen bernsteinfarbenen Augen unglücklich zurück.

Paisley gab ein weiteres aufgeregtes Kläffen von sich.

„Vielleicht können wir uns mit dem Fenster auch abwechseln, so wie mit dem Fahren", schlug ich mit einem leichten Achselzucken vor und versuchte angestrengt, mich auf die Straße vor mir zu konzentrieren und nicht auf den wütenden Kater hinter mir.

Dann geschah etwas Seltsames. Wenn ich nicht selbst dabei gewesen wäre, hätte ich es nie für möglich gehalten.

Octocat *lachte*. Ja, er hat tatsächlich gelacht!

„Das Wichtigste ist, dass wir so schnell wie möglich bei meiner geliebten Grizabella ankommen", sagte er mit einem seligen Seufzer.

„Ja", antwortete ich lächelnd und konnte kaum glauben, wie vernünftig er war.

„Und jetzt leg bitte einen Zahn zu", forderte er mich in einem überraschend höflichen Ton auf.

Nach einem Blick auf den Tacho schüttelte ich

den Kopf. „Sorry, ich bin schon etwas über dem Tempolimit."

„Ja und? Wir wissen doch beide, dass dieses Auto viel schneller fahren kann."

Ein kurzer Blick in den Rückspiegel bestätigte mir, dass er es todernst meinte, und wenn ich seinem Willen nicht nachkäme, würde er wieder anfangen, an mir herumzunörgeln. Mir entfuhr ein genervtes Stöhnen, dann gab ich etwas mehr Gas, um es kurz darauf wieder wegzunehmen.

Oh, Mann. Das würde eine lange, lange Fahrt werden.

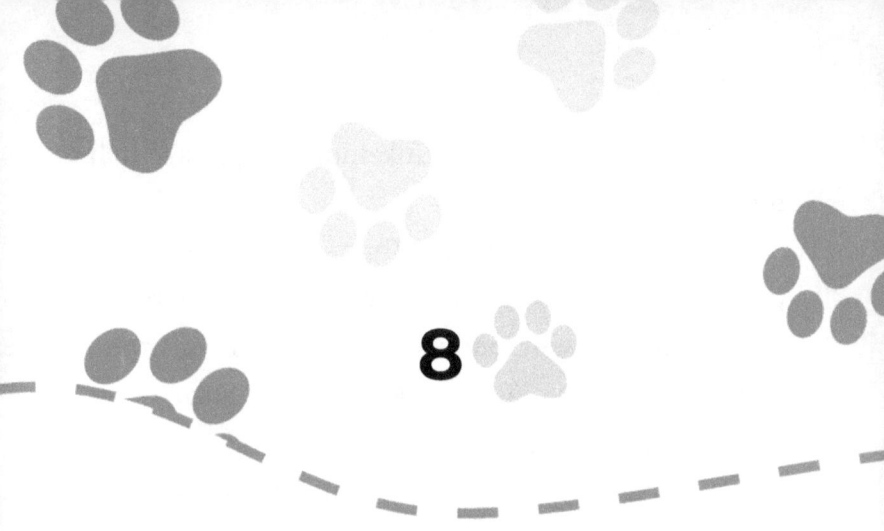

8

Ein paar Stunden nach Beginn unserer Reise kam endlich die Sonne hinter dem Horizont hervor. Grandma neben mir hatte fast die ganze Zeit vor sich hin gedöst und war immer wieder eingenickt, genau wie Paisley, die gemütlich auf ihrem Schoß lag und zwischendurch im Schlaf niedliche fiepende Laute von sich gab. Octocat hingegen saß auf dem Rücksitz und erzählte ununterbrochen von seinen Plänen für die Woche mit Grizabella. Ich nickte zustimmend und schwieg wohlweislich, denn es war nun mal so, dass er sich am liebsten selbst reden hörte.

„Mami", ertönte die sanfte Stimme der Chihuahua-Hündin plötzlich. Sie hatte den Kopf gehoben und sah mich mit großen, funkelnden Augen an. „Ich muss mal Pipi."

Vor nicht einmal zwei Minuten hatten wir den perfekten Rastplatz für eine kurze Pause passiert. Da wir gerade eine sehr ländliche Gegend durchquerten, würde es bis zur nächsten Möglichkeit abzufahren wahrscheinlich länger dauern.

„Wir halten bei der nächsten Gelegenheit an, versprochen", sagte ich, denn mehr konnte ich nicht tun.

„Entschuldigung, dürfte ich bitte zu Ende reden", knurrte mein Kater auf dem Rücksitz und fuhr mit seinem langatmigen Selbstgespräch fort.

„Ich kann nicht mehr lange einhalten", winselte Paisley, die aufgestanden war und nervös von einer Pfote auf die andere trat. Grandma erwachte mit einem Stöhnen und schaute sich verschlafen im Auto um. Paisley wimmerte erneut, diesmal lauter und beharrlicher.

„Ich verspreche, wir fahren bei der nächsten Ausfahrt raus. Es dauert nicht mehr lange, okay?" In Wahrheit wusste ich nicht, wie lange es noch dauern würde, hoffte aber inständig auf eine glückliche Fügung.

„Ich kann nicht mehr einhalten, ich kann nicht mehr einhalten", quiekte die Hündin.

Da wurde mir klar, dass wir unser Glück nicht überstrapazieren durften, damit Grandma die Reise nicht mit einem nassgepinkelten Schoß fortsetzen musste. Also fuhr ich den Wagen auf den Standstreifen der Autobahn. Gott sei Dank waren zu dieser frühen Stunde nicht viele Leute unterwegs, da die Rushhour noch nicht begonnen hatte.

„Du musst sehr vorsichtig sein", schärfte ich ihr ein, bevor ich meine Tür öffnete und sie hinter mir her traben ließ. „Und geh nicht so weit weg, dass ich dich nicht mehr sehen kann!"

Großmutter war bereits wieder eingeschlafen, also lag es an mir, die beiden Tiere im Auge zu behalten, denn auch Octocat war aus dem Auto gesprungen und stolzierte nun auf dem Seitenstreifen entlang. Ich ließ ihn sein Ding machen, da er mit Sicherheit genau das Gegenteil von dem tun würde, was ich wollte, wenn ich ihn ermahnte.

Stattdessen drehte ich mich zu Paisley um und sah zu, wie sie sich hinhockte und wohlig aufseufzte, während sie sich erleichterte. „Hach, das fühlt sich so gut an."

„Hunde sind ja so was von widerlich." Octocat marschierte mit aufgerichtetem Schwanz auf mich zu. „Also?", sagte er und legte ungeduldig den Kopf schief.

„Also, was?", seufzte ich.

„Wo ist mein Katzenklo?" Er blieb stehen, ließ seinen Hintern auf den Asphalt plumpsen und betrachtete mich mit einem verächtlichen Blick. „Du kannst nicht erwarten, dass ich zur Toilette gehe, wenn es keine gibt."

„Ich baue dein Klo nicht für eine kurze Pinkelpause auf. Das hole ich erst raus, wenn wir in Colorado sind."

„Du erwartest also, dass ich die ganze Zeit bis dahin einhalte? Unmöglich."

„Du kannst doch auf Toilette gehen, aber im Freien. Schau mal, ich kann die Streu nicht irgendwo hinwerfen, wenn du fertig bist, und es wäre ohnehin eine unglaubliche Verschwendung, sie nach nur einer einzigen Benutzung wegzuschmeißen. Und ich fahre sicher nicht mit einer benutzten Katzentoilette im Auto durch die Gegend, also bitte versuch, dich damit zu arrangieren."

„Und wie soll ich mich deiner Meinung nach damit arrangieren?", fragte er verärgert.

Paisley kam zurückgetrabt und leckte Octocat kräftig über das Gesicht. „Ich kann dir beibringen, wie man draußen aufs Töpfchen geht, Octavius. Das würde mir überhaupt nichts ausmachen."

„Nein, danke", sagte er mit einem Schaudern.

Ich verschränkte die Arme und starrte ihn ungeduldig an. „Gehst du nun oder nicht?"

„Nein", lautete seine knappe Antwort.

„Gut. Dann lass uns jetzt weiterfahren."

Als wir alle wieder im Auto saßen, wandelte sich Octocats aufgeregtes Geplapper über seine Pläne mit Grizabella in bitterliche Beschwerden über meine mangelnde Bereitschaft, sein Katzenklo aufzustellen.

„Würdest du bitte endlich damit aufhören?", fragte ich nach gut zehn Minuten. „Es tut mir leid, dass ich dich verärgert habe, aber das mit deinem Klo ist im Moment nicht zu ändern."

„Ich hätte gedacht, dass du inzwischen etwas mehr Rücksicht auf mich nehmen würdest", meckerte er. „Nach allem, was wir schon zusammen durchgestanden haben! Nach allem, was ich für dich getan habe. Du kannst doch nicht einfach …"

„Ach, komm schon", unterbrach ich ihn, weil ich gerade eine Eingebung hatte: „Wie wäre es denn, wenn wir uns das Hörbuch anhören, für das ich in ganz Blueberry Bay herumgekurvt bin?"

Seine Stimme wurde weicher. „Hm, na schön, ausnahmsweise ist das mal eine gute Idee von dir."

Ich verdrehte die Augen und legte die CD ein.

„Dr. Romans Romantik-Ratgeber", sagte der Erzähler mit einer tiefen, autoritären Stimme, die sich für diese Art von Buch völlig falsch anfühlte. „Kapitel eins. Lernen zu lieben", fuhr er fort.

„Liebe ist eine wundervolle Verbindung zwischen zwei Seelen und außerdem mit das Schönste, was das Leben zu bieten hat", dröhnte der Sprecher. „Romantik gehört zur Liebe dazu, ist jedoch nur ein kleiner Teil eines großen Ganzen, obwohl viele sie als den wertvollsten Teil empfinden."

„Da hat er recht", sagte Octocat mit einem glücklichen Seufzer. „Durch die Liebe zu meinem Schatz Grizabella hat sich mein Katzendasein für immer verändert."

Wieder verdrehte ich die Augen. Zum Glück waren Charles und ich nicht so.

„In der Romantik geht es darum, die Liebe zu zelebrieren, und um das zu tun, muss man erst einmal Liebe in seinem Leben haben".

Ich stöhnte. „Willst du dir das wirklich weiter anhören?"

„Pssst", zischte Octocat. „Der Mann hat Ahnung."

Ich krallte mich am Lenkrad fest und biss die Zähne zusammen, während der Sprecher – Dr. Roman selbst, wie sich herausstellte – weitere Klischees zum Besten gab und darüber schwadronierte, was für eine vielschichtige Angelegenheit die

Liebe sei. Im Ernst, wie konnte dieses Buch bloß ein Bestseller werden?

Es dauerte nicht lange, bis auch Grandma die Ohren spitze. „Wer plaudert denn da aus dem Nähkästchen?", fragte sie.

„Der wahrscheinlich intelligenteste Mensch aller Zeiten.", antwortete Octocat, obwohl Grandma ihn natürlich nicht verstehen konnte.

Ich übersetzte das mit „Octocats neues Hörbuch" und ergänzte so sarkastisch wie möglich ohne den Blick von der Straße zu nehmen: „Dr. Romans Romantik-Ratgeber. Wie es aussieht, ist er der intelligenteste Mensch ever."

Ungerührt von unseren Komplimenten und Beleidigungen, fuhr Dr. Roman fort: „Im Gegensatz zur Liebe ist die Romantik niemals ein Substantiv. Sie ist immer als Verb zu verstehen. Romantik passiert nicht einfach so. Sie ist etwas, das Sie aktiv in Ihrem Leben erschaffen müssen." Er hielt inne, um dieser großen Weisheit Nachdruck zu verleihen.

„Ist das denn zu fassen?", stöhnte ich leise und mehr zu mir selbst. „Er weiß noch nicht einmal, was ein Verb ist. Was für ein Quatsch."

„Eigentlich hat er recht", meinte Grandma nachdenklich nickend. „So habe ich das noch nie gesehen, aber es ist wahr. Erst letzte Woche haben Grant und ich ...“

„Pssst“, zischte Octocat erneut, und wir verstummten und lauschten Dr. Romans Worten, die das Auto erfüllten.

War es unfair von mir, dieses Buch so zu verurteilen, oder war ich einfach nur zu rational veranlagt? Charles hatte schon immer mehr Sinn für Romantik gehabt als ich, und mir war es mehr als recht, ihm das Feld zu überlassen, was das anging. War ich es ihm schuldig, mich mehr anzustrengen?

Uff. Ob ich Dr. Roman nun mochte oder nicht, wir würden definitiv noch für eine ganze Weile zusammen in diesem Auto festsitzen. Also beschloss ich, mir zumindest anzuhören, was der Romantikdoktor zu sagen hatte, vor allem, da Grandma und Octocat nun jedem seiner Worte gebannt lauschten. Sogar die kleine Paisley saß mit gespitzten Ohren da und blinzelte zwischendurch selig, so wie Chihuahuas es gerne tun, wenn sie mit sich und der Welt zufrieden sind.

Stillschweigend ließ ich Dr. Romans Auflistung der sieben Must-haves für mehr Romantik über mich ergehen und sagte auch nichts, als er mit seiner geführten Meditation für romantische Achtsamkeit begann. Aber als er dann auf die aphrodisierende

Wirkung bestimmter Lebensmittel und Getränke einging, hatte ich genug.

„Lasst uns einen Kaffee trinken", sagte ich und gähnte demonstrativ.

„Pssst!", zischten mir die drei anderen wie aus einem Mund zu.

Daraufhin verstummte Dr. Romans Stimme wie von Zauberhand, jedoch ertönte in der nächsten Sekunde ein Klingelton aus den Lautsprechern.

Grandma drückte einen Knopf am Autoradio, und Charles' Stimme schallte uns entgegen. „Hey, wie läuft die Fahrt?", fragte er.

„Ich hoffe, es macht dir nichts aus, Liebes", sagte Grandma an mich gewandt, „aber ich habe dein Telefon vorhin über Bluetooth mit der Freisprechanlage verbunden, weil ich mir schon dachte, dass Charles bald anrufen würde. Anscheinend lag ich da richtig."

Ich lächelte und war so unglaublich dankbar für die Ablenkung, dass ich hätte heulen können. „Alles fein!", sagte ich, und das galt sowohl Grandma als auch Charles. „Wir kommen gut voran. Wie sieht es bei dir aus?"

Ich hörte, wie mein Freund am anderen Ende der Leitung scharf einatmete. Da wusste ich sofort, dass er keine guten Nachrichten für mich hatte.

9

„Der Schwarm ist hier", flüsterte Charles ins Telefon. „Sie sind in meinem Vorgarten. Dutzende von ihnen."

„Was?", rief ich entsetzt, woraufhin mein mürrischer Kater aufstöhnte. „Warum?"

„Ich weiß es nicht. Ohne dich kann ich ja nicht mit ihnen reden", sagte Charles. Natürlich nicht, wie denn auch?

„Sollen wir umkehren? Wir sind erst ein paar Stunden unterwegs. Ich kann zurückkommen. Du musst das nicht allein ..."

Noch bevor ich den Satz beendet hatte, erschreckte mich Octocat beinahe zu Tode, indem er vom Rücksitz nach vorne sprang und mit ausgefahrenen Krallen auf meinem Schoß landete, sodass ich das Lenkrad verriss und den Wagen ungewollt auf die Überholspur steuerte. Zum Glück war noch nicht viel Verkehr auf der Strecke und in diesem Moment kein anderes Auto in der Nähe.

„Ganz ruhig, mein Mädchen", murmelte Grandma und tätschelte liebevoll das Armaturenbrett ihres Autos.

„Ist alles in Ordnung?", fragte Charles besorgt.

„Ja, alles okay. Aber ich fürchte, wir werden wohl nicht umkehren."

„Das will ich dir auch geraten haben", fauchte Octocat und vergrub seine Krallen erneut in meinem Oberschenkel, um seinen Standpunkt zu unterstreichen.

„Ich könnte dich über FaceTime anrufen und für dich mit den Möwen reden", bot ich ihm mit gedämpfter Stimme an.

„Ach was, schon gut. Es ist zwar echt nervig, aber ich denke, sie behalten mich einfach nur im Auge", sagte er.

Im Hintergrund hörte ich, wie er den Wasserhahn aufdrehte und vermutlich die Kanne befüllte, um Kaffee zu kochen. Das weckte in mir sofort ein heftiges Verlangen nach meinem Lieblingskoffeinegetränk. Oh, wie sehr wünschte ich mir, jetzt bei ihm zu sein und nicht auf diesem unerträglichen Roadtrip.

„Sie müssen mir gestern Abend nach Hause gefolgt sein", fuhr Charles fort. „Ich habe das Gefühl, sie vertrauen mir nicht."

„Ich weiß nicht viel über Vögel", gab ich zu, während wir einen Lkw überholten. „Sie wollten noch nie wirklich mit mir reden, aber ich vermute, die Möwen bei dir wollen nur sichergehen, dass du sie nicht vergisst." Ich zuckte mit den Schultern, obwohl er das ja nicht sehen konnte.

„Es ist schon ein blödes Gefühl", meinte er. „Immer wenn ich aus dem Fenster schaue, sind zig Augenpaare auf mich gerichtet. Sie beobachten mich auf Schritt und Tritt, und das macht mich nervös."

„Ach Schatz, das tut mir leid." Und es tat mir wirklich leid. „Ich hätte dich nicht bitten sollen …"

„Nein", unterbrach er mich. „Ich möchte das für dich tun. Für deine Familie. Ich bin mir nur nicht sicher, ob ich ganz verstehe, was von mir erwartet wird."

Ich wollte ihm widersprechen, kam jedoch nicht dazu, denn Charles hatte noch mehr zu sagen: „Ich habe gestern Abend einige Präzedenzfälle recherchiert, falls so was für die Möwen von Bedeutung ist, und ich habe tatsächlich ein paar vergleichbare Urteile gefunden. Es sollte nicht allzu schwierig sein, diese Sache für den Schwarm zu gewinnen, aber ehrlich gesagt, was mich hier gerade noch viel mehr beschäftigt, ist ..."

„Dass der ganze Clan in deinem Garten kampiert", beendete ich den Satz für ihn.

„Ja. Es kommt mir komisch vor. Warum trauen sie mir nicht? Und was versprechen sie sich davon?"

„Glaubst du, sie haben uns nicht die ganze Wahrheit über diese Kriegserklärung gesagt?", fragte ich.

„Oder über das Verschwinden des anderen Schwarms", ergänzte er, untermalt von den gurgelnden Geräuschen seiner Kaffeemaschine.

„Meinst du, wir haben etwas Wichtiges übersehen?", überlegte ich, während mein Verlangen nach einem Schluck des heißen, bitteren Gebräus immer stärker wurde.

„Ich denke, wir sollten es auf jeden Fall überprüfen", stimmte er zu. „Vielleicht ist es auch nicht so bedeutsam, aber ich würde trotzdem gerne die Wahrheit wissen."

„Ich wünschte, ich wäre da, um dir zu helfen", stöhnte ich. „Es fühlt sich falsch an, so weit weg von dir zu sein und dich das alles allein machen zu lassen."

Ich hatte Grandma noch immer nichts von der Möwengeschichte erzählt und schon gar nicht von Bravos Angebot, mich meiner verschollenen leiblichen Großmutter vorzustellen, daher wählte ich meine Worte mit Bedacht: „Ich werde zurück sein, bevor die Verhandlung beginnt."

„Diese kreischenden Viecher werden mich bis dahin sicher auf Trab halten. Offen gestanden mache ich mir Sorgen, was sie tun werden, falls sie zu dem Schluss kommen sollten, dass ich ihre Sache ignoriere. Puh, es fühlt sich fast so an, als säße mir eine Art Vogelmafia im Nacken. Wenn es doch nur eine Möglichkeit gäbe, den verschwundenen Schwarm aufzuspüren", sagte er nachdenklich.

„Es gibt aber eine Möglichkeit", meldete sich Octocat vom Rücksitz aus zu Wort.

„Warte mal", sagte ich zu Charles. „Octocat hat anscheinend eine Idee."

„Keine Idee", korrigierte er mit einem hochmütigen Schnauben. „Die Lösung."

Er hielt kurz inne und meinte dann: „Ich kenne nicht alle Details – oder besser gesagt, kein einziges Detail – über diese Möwensache, da *jemand* diesen neuen Fall offenbar nicht für wichtig genug hielt, um seinem Partner darüber in Kenntnis zu setzen."

Ich verkniff mir einen Kommentar, um einen weiteren sinnlosen Streit zu vermeiden. Aber wann bitte schön hätte ich ihm denn davon erzählen sollen? Gestern war ich noch bis spät abends unterwegs gewesen, um seine Einkaufsliste abzuarbeiten, und heute hatte ich mich auf das Autofahren konzentriert, während er jede freie Minute damit verbrachte, über Grizabella zu reden oder sich langweilige Ratschläge von Dr. Roman anzuhören.

„Wie dem auch sei", fuhr Octocat fort, „und obwohl ich es nur ungern zugebe, aber wir haben schließlich einen Top-Spion, und der ist noch zu Hause."

„Einen Top-Spion?", fragte ich. Es kam selten vor, dass mein Kater jemand anderem zugestand, etwas besser zu können als er, vor allem, wenn es um etwas ging, dass er selbst mit Feuereifer tat.

„Ja, der Waschbär."

„Oh", murmelte ich. „Das ist keine schlechte Idee."

„Natürlich ist das keine schlechte Idee. Sie stammt ja auch von mir."

„Was?", fragte Charles. „Was hat er gesagt?"

„Pringle", erklärte ich mit einem einzigen Wort.

„Was ist mit ihm?", wollte Charles wissen.

„Er kann für dich mit den Vögeln reden, und er liebt Klatsch und Tratsch. Ich bin sicher, du musst ihn nicht einmal um Hilfe bitten, sondern nur in seiner Gegenwart das Problem erwähnen, und er wird dieser Sache ganz von selbst nachgehen."

„Das soll ich machen, meinst du?"

„Ja, ich denke, das ist eine gute Idee. Vor allem, wenn es die Fragen beantwortet, die für dich noch im Raum stehen."

„Okay", stimmte er zu und schlürfte seinen Kaffee, was mich in meinem koffeinlosen Zustand schrecklich unruhig machte. „Ich werde nach der Arbeit zu dir fahren und nach ihm Ausschau halten."

„Super. Wenn du willst, melde dich über Face-Time, sobald du da bist. Dann erkläre ich Pringle, was er zu tun hat."

„Ich liebe dich", sagte Charles, bevor er einen weiteren geräuschvollen Schluck nahm.

Ich erwiderte seine Worte, und verabschiedete mich. Nachdem wir aufgelegt hatten, ertönte sofort wieder die Stimme von Dr. Roman aus den Lautsprechern. O nein, bitte nicht. Mein Kopf brauchte einen Moment Ruhe, also stoppte ich die Wiedergabe.

„Hey", protestierte Octocat.

„Selber hey", erwiderte ich. „Bitte gib mir mal ein paar Minuten, damit ich mich darauf konzentrieren kann, einen Rastplatz zu finden."

„Heißt das, dass du endlich mein Katzenklo aufstellen wirst? Mir platzt nämlich schon fast die Blase."

Ich weigerte mich, diese Frage mit einer Antwort

zu würdigen, da ich meinen Standpunkt bezüglich des Reiseklos bereits mehr als deutlich gemacht hatte. Ein paar Kilometer weiter tauchte ein Rastplatz auf, wo es außer einer Tankstelle jedoch nicht viel gab.

Bestimmt würde ich dort einen Kaffee bekommen, und wo wir schon mal hier waren, wollte ich auch gleich Benzin nachfüllen, um auf der sicheren Seite zu sein.

„Könntest du für uns volltanken?", fragte ich Grandma, nachdem ich an der Zapfsäule angehalten hatte, die dem Eingang des Shops am nächsten lag. Noch bevor sie antworten konnte, war ich aus dem Auto gehüpft und hineingesaust.

Ein paar Minuten später kam ich mit einem dampfenden Pappbecher zurück, den ich fest umklammerte.

„Wir sollten irgendwo anhalten und etwas frühstücken gehen", schlug Grandma vor, als sie wieder startklar war.

„Hier scheint es nichts Vernünftiges zu geben."

„Wir finden schon etwas", antwortete sie lächelnd, und schließlich entdecktem wir nach einem zwanzigminütigen Umweg ein kleines Diner, das wie ein umgebautes Mobilheim aussah.

Wir bestellten Rührei und Würstchen zum

Mitnehmen, die wir auf dem Parkplatz aßen, während sich die Tiere ein wenig die Füße vertraten.

„Was hat es mit den Möwen auf sich, von denen Charles gesprochen hat?", erkundigte sich Grandma, nachdem wir schon einige Bissen verspeist hatten.

„Oh, sie brauchen Hilfe bei einem Gebietsstreit." Ich versuchte, beiläufig zu klingen, und wechselte das Thema. „Und wie findest du Dr. Roman? Magst du seine Romantiktipps wirklich?", fragte ich mit einem Kichern.

„Na ja, wahrscheinlich ist sein Buch nicht der ultimative Ratgeber, aber schlecht ist es nicht", antwortete sie. „Warum betreibt ihr denn jetzt so einen Aufwand, um diesen Vögeln zu helfen? Hätte das nicht warten können, bis wir wieder zurück sind? Oder gibt es eine Art Ultimatum?"

„Nach ihren Gesetzen haben wir nicht mehr viel Zeit, bevor ein Krieg ausbricht", erklärte ich ihr. „Also habe ich zugestimmt, zu ihren Bedingungen zu arbeiten, in der Hoffnung, diesen Krieg zu verhindern."

„Aber wieso?", fragte sie und musterte mich mit funkelnden Augen.

„Ich …" Mehr brachte ich nicht heraus.

„Es ist in Ordnung, Liebes. Was auch immer es ist, du kannst es mir sagen. Ich bin ein großes

Mädchen. Ich kann damit umgehen", sagte Grandma mit einem verschmitzten Grinsen.

„Es ist nur, sie sagten, sie wüssten, wo ..." Ich wusste wirklich nicht, wie ich ihr das sagen sollte. Natürlich war sie meine Großmutter. Und dennoch wollte ich unbedingt die Frau kennenlernen, die vor so vielen Jahren aus unserer Familie verschwunden war. „Ja also", begann ich erneut, „du weißt doch, wie Vögel sind. Sie sehen alles, kriegen alles überall mit ...", stotterte ich nervös weiter.

„Geht es um deine andere Großmutter, Liebes?", unterbrach Grandma mich leise und drückte meine Hand. „Wenn dem so sein sollte, ist das kein Problem für mich."

Ich nickte, sagte aber nichts.

„Dann sollten wir diesen Vögeln besser helfen, denn ich würde sie auch gerne kennenlernen."

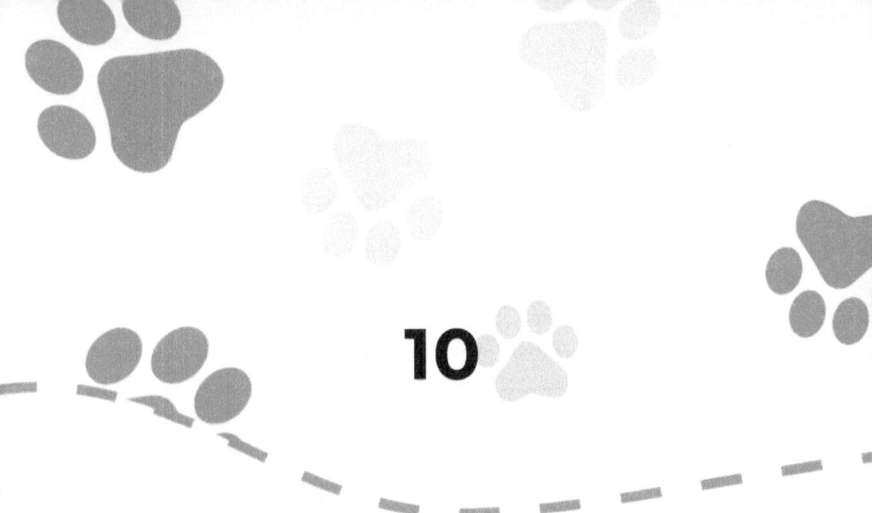

10

Der Rest des Tages zog sich endlos in die Länge. Ich fühlte ich mich wie eine Ameise, die mit den Beinen an einem Klecks Honig kleben geblieben war und sich abstrampelte, ohne dabei vom Fleck zu kommen.

Zu diesem Zeitpunkt waren wir mit Dr. Romans Hörbuch schon über die Hälfte durch. Grandma hatte vor etwa einer Stunde das Steuer übernommen, aber ich konnte trotzdem nicht schlafen, und auch Octocat war weiterhin hellwach und total aufgekratzt. So langsam fand ich es nicht mehr niedlich, wie sehr er sich darauf freute, endlich anzukommen, weil er nach meinem Eindruck kurz davor war, völlig abzudrehen. Deshalb überlegte ich, ob es vielleicht besser wäre, ihn in seine Transportbox zu setzen, damit mal etwas mehr Ruhe einkehrte.

Nur zu gerne hätte ich etwas gelesen oder auf dem Handy herumgespielt, aber mir wurde immer schlecht, wenn ich den Blick von der Straße abwandte. Als mein Telefon klingelte, fuhr ich erschrocken hoch, bevor ich das Gespräch annahm.

„Angie?", sagte Charles, weil ich mich vor lauter Verwirrung nicht direkt meldete.

„Ja, sorry, bin da … Was gibt's?" Ich lehnte mich ein Stück nach vorn, gespannt auf seine Neuigkeiten.

„Ich bin gerade aus der Kanzlei raus und wollte jetzt zu dir fahren." Er zögerte. „Das heißt, wenn du noch mit Pringle sprechen willst."

„Ja, ja, natürlich will ich das. Wie war dein Tag? Besser, als er angefangen hat?"

Er zögerte, sodass ich mir nun noch mehr Sorgen machte. „Doch, ja. Zumindest sind sie mir nicht alle zur Arbeit gefolgt."

„Aber ein Teil von ihnen schon?" Warum in aller Welt hatte ich überhaupt zugestimmt, diesen lästigen Vögeln zu helfen? Gut, sie hatten ein wirkungsvolles Druckmittel gegen mich in petto, jedoch bereitete es mir Bauchschmerzen, dass sie Charles praktisch verfolgten, während ich viel zu weit weg war, um etwas dagegen zu unternehmen.

„Ja, jedenfalls einer von ihnen."

„Das ist wahrscheinlich Bravo. Er ist sozusagen der Verantwortliche für diese ganze rechtliche Angelegenheit."

„Er sitzt schon den ganzen Tag an meinem Fenster. Beobachtet. Wartet. Das ist mir nicht geheuer, Angie."

Mir gefiel das auch nicht, aber ich musste jetzt ruhig bleiben und Charles bei der Klärung der Situation unterstützen. „Gib ihn mir bitte mal."

„Moment."

Ich hörte, wie er das Fenster öffnete und nach dem Vogel pfiff, damit er zu uns kam.

„Du bist auf Lautsprecher", teilte mir Charles ein paar Sekunden später mit.

„Bravo?", fragte ich und gab mein Bestes, gelassen zu klingen. Autoritär.

„Höchstpersönlich", meldete die Möwe sich.

Ich hatte ja schon erfahren, dass im Schwarm strenge Regeln und Hierarchien herrschten. Wenn ich mich also wie eine ranghohe Möwe verhielt, könnte ich ihn vielleicht dazu bringen, das Stalking zu unterlassen. „Warum verfolgst du Charles?", begann ich nachdrücklich. „Ihr habt uns angeheuert, damit wir euch helfen, und jetzt müsst ihr uns vertrauen."

„Nein, das geht nicht. Alpha hat mir die ausdrückliche Anweisung gegeben, euch genau im Auge zu behalten, und daran muss ich mich halten."

„Und ich bitte dich höflichst, das zu unterlassen. Charles kann besser für euch tätig werden, wenn ihr ihm mehr Freiraum gebt." Ich holte tief Luft und verkniff es mir, laut ins Telefon zu seufzen.

Leider weigerte Bravo sich standhaft. „Der Befehl von Alpha ist eindeutig. Dein Freund wird einen weißen Schatten haben, bis das Ding gelaufen ist."

Einen weißen Schatten? Das hörte sich gar nicht gut an, und ich begann zu verstehen, warum mein Freund so misstrauisch war, was überhaupt zu diesem ganzen Gebietsstreit geführt hatte.

„Okay, einen Versuch war es wert", sagte ich zu dem Vogel und bat Charles, den Lautsprecher auszuschalten.

„Okay", grummelte er. „Und was jetzt?"

„Mach das Fenster zu", raunte ich ins Telefon. „Ich will nicht, dass Bravo etwas mitbekommt."

Ich wartete, bis er das Fenster mit einem dumpfen Knall geschlossen hatte.

„Das wird langsam unheimlich, oder?", flüsterte er.

„Das war es von vornherein" Ich hielt inne, um mir einen Plan zu überlegen. „Pass auf, wenn wir gleich aufgelegt haben, rufe ich dich noch mal an, und du lässt die Mailbox rangehen. Ich werde eine Nachricht für Pringle hinterlassen. Sorg dafür, dass Bravo nicht in der Nähe ist, wenn du sie ihm vorspielst."

„Aber wie soll ich das denn bitte anstellen? Wie soll ich den Waschbären dazu bringen, mir zuzuhören und mir gleichzeitig auch noch die Möwe vom Leib halten?"

Das war eine gute Frage. Wie könnten wir das lösen, und wie gut konnten Vögel überhaupt hören? Würde Bravo in der Lage sein, durch ein geschlossenes Fenster zu lauschen? Ich hatte keine Ahnung, aber wir mussten das Risiko eingehen. Nicht zu versuchen, dem armen Charles aus diesem Schlamassel zu helfen, war schließlich keine Alternative.

„Lass uns Folgendes probieren: Ich spreche dir gleich zwei verschiedene Nachrichten auf die Mailbox", erklärte ich ihm. „Die Erste, um Pringle ins Haus zu dirigieren, und die Zweite, um ihm zu erläutern, was er tun soll. Solange du Bravo nicht reinlässt, sollte er das nicht mitkriegen. Du hast doch noch den Schlüssel, den ich dir gegeben habe, oder?"

„Ja", antwortete er.

„Gut. Fahr direkt zu mir nach Hause. Pringle ist wahrscheinlich in einem seiner Baumhäuser. Möglicherweise schnüffelt er aber auch irgendwo in der Nachbarschaft herum. Kannst du mich zurückrufen, wenn du ihn gefunden hast?"

„Was ist mit den Sprachnachrichten, die du mir hinterlassen willst?", wunderte sich Charles.

„Die sind nur eine Sicherheitsmaßnahme. Ruf mich an, und ich werde sofort alles stehen und liegen lassen – egal, ob ich gerade schlafe, fahre oder was auch immer. Hey, würde es dir etwas ausmachen, eine Weile bei mir zu Haus zu bleiben, wenn du ihn nicht gleich findest?"

Seine Stimme klang ein wenig belegt, als er antwortete: „Okay, besser bei dir mit nur einer Möwe als bei mir mit dem ganzen Schwarm." Verdammt, ich wäre jetzt wirklich gerne bei ihm, und das nicht nur, weil mich dieser Roadtrip beinahe in den Wahnsinn trieb.

„Da hast du wohl recht. Du kannst auch gerne bei mir übernachten, wenn du das möchtest."

„Nein, ich denke nicht. Dann würden sie wahrscheinlich nur ihr Lager wechseln, und Jacques und Jillianne wären sauer, wenn ich abends nicht nach Hause käme." Das konnte ich mir lebhaft vorstellen, denn seine beiden Sphynx-Katzen waren sogar noch schräger drauf als Octocat.

„Okay, dann rufe ich dich gleich noch mal an",

versprach ich, obwohl ich mich viel lieber noch weiter mit ihm unterhalten hätte, aber wir mussten in dieser Sache jetzt unbedingt etwas unternehmen. „Denk daran, nicht abzuheben. Ich liebe dich. Bye."

Wir legten auf, und ich atmete ein paar Mal tief durch, bevor ich die Wahlwiederholung drückte. Als die Mailbox ansprang, rief ich laut und deutlich ins Telefon: „Pringle! Pringle! Charles sucht nach dir. Bitte geh mit ihm ins Haus, und sprich mit ihm. Ich habe dir eine streng vertrauliche Nachricht hinterlassen, die sich in zehn Minuten selbst vernichten wird, egal ob du sie abhörst oder nicht. Also beeil dich und folge ihm hinein. Dort erhältst du weitere Anweisungen."

So, das war der erste Streich. Pringle liebte große Dramen, und ich war mir sicher, er würde meinem geheimnisvollen Appell nicht widerstehen können.

Rasch schrieb ich Charles eine Nachricht: *Nr. 1 geschafft, Nr. 2 kommt gleich.*

Ich hatte mir einen Plan zurechtgelegt, und als die Mailbox erneut ansprang, gab ich mein Bestes, um diesen der neugierigen Fellnase schmackhaft zu machen: „Agent Pringle, Gott sei Dank hast du auf unseren Hilferuf reagiert." Ich hatte mir überlegt, sämtliche Spionagefilm-Klischees, die mir gerade einfielen, aus der Trickkiste zu holen. Der Waschbär hatte sich früher mal für einen edlen mittelalterlichen Ritter gehalten, aber seine Vorlieben änderten sich, je nachdem, welche Fernsehsendungen und Spielfilme er sich aktuell reinzog. Derzeit war er auf einem Spionage-Trip und vergötterte Tom Cruise, Arnold Schwarzenegger, Bruce Willis und Co.

„Wir befürchten, dass jemand versucht, unsere Mission zu manipulieren. Möglicherweise geben unsere vermeintlichen Verbündeten aus Schwarm 82 uns nicht alle Informationen. Bei denen ist vermutlich etwas faul, und obendrein droht ein Krieg auszubrechen. Ein anderer Schwarm ist spurlos verschwunden, und wir brauchen dich, um diese wichtigen Zeugen zu finden und die Wahrheit über ihr Verschwinden aufzuklären."

Und nun folgte der dramatische Höhepunkt meiner Ansprache. Um Pringle endgültig zu überzeugen, ließ ich die Titel bekannter Actionfilme in meine Nachricht mit einfließen. Je theatralischer und überzogener, desto mehr würde es unserem kleinen Waschbärspion gefallen: „*Der Anschlag* könnte kurz bevorstehen. Wir müssen den Einsatz der *Lethal Weapon* unbedingt verhindern. Ich verlasse mich darauf, dass du der *Terminator* dieser Intrige sein wirst, bevor jemand stirbt. Bist du bereit für diese *Mission Impossible*, Agent 007? Super, dann warte auf meinen nächsten Anruf, und ich werde dir deinen Auftrag genau erklären."

Danach legte ich schnell auf, denn ich befürchtete, dass es nur noch eine Frage von Sekunden sein könnte, bis entweder Grandma oder Octocat in Gelächter ausbrechen und damit alles ruinieren würden, falls sie mir denn zugehört hatten. Zugegeben, der letzte Teil meiner Nachricht ergab wenig Sinn, aber Pringle würde begeistert sein und alles tun, um den Fall zu lösen.

Bühne frei für Operation Waschbär!

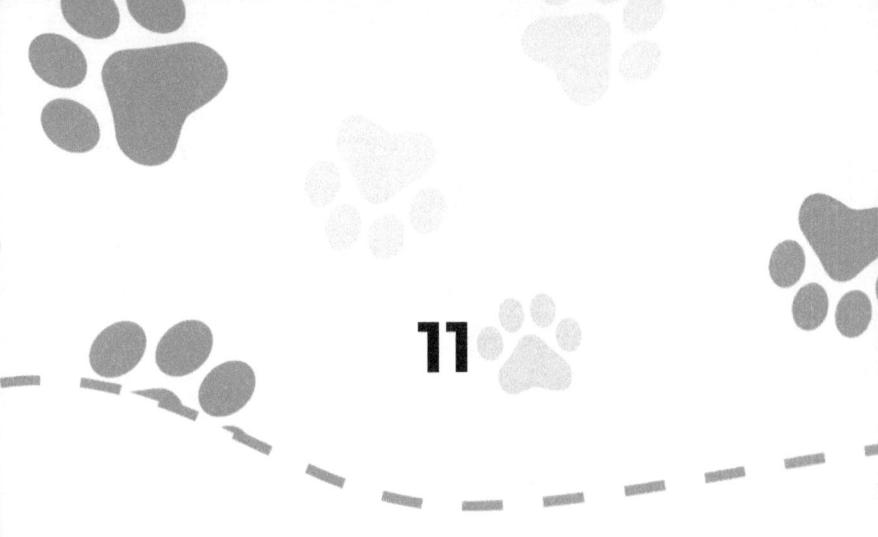

11

Charles schrieb mir eine halbe Stunde später, dass er Pringle nirgends finden könne, jedoch noch bleiben würde, so lange wie es eben ging, ohne seine beiden vierbeinigen Chefs zu Hause zu verärgern.

Während ich darauf wartete, dass er sich erneut meldete, falls er Hilfe brauchte, nickte ich schließlich ein. Erst mitten in der Nacht schlug ich die Augen wieder auf.

Grandma saß am Steuer und schien hellwach zu sein. Sie hatte offenbar Dr. Romans Ratgeber weitergehört, während die Haustiere zusammengerollt auf dem Rücksitz schliefen. Octocat würde darüber nicht erfreut sein.

„Oh, du bist wieder munter?" Sie warf mir einen kurzen Blick zu und schaltete die CD aus.

Ich streckte mich, so gut es eben ging, wenn man angeschnallt im Auto hockte, und rieb mir die Augen. „Hat Charles angerufen?"

„Ja, hat er, aber ich habe ihm gesagt, dass du gerade schläfst wie ein Murmeltier."

Wow! Ich musste wirklich total weg gewesen sein, wenn ich selbst das Telefon nicht gehört hatte.

„Soll ich wieder fahren?", bot ich ihr an, obwohl ich mich noch ziemlich müde fühlte. Aber wir könnten sicher irgendwo einen weiteren Kaffee auftreiben, um mich wieder richtig in Schwung zu bringen, falls nötig.

„Alles gut, Liebes. Ich brauche nicht mehr so viel Schlaf wie früher, als ich noch jung war."

Ich lächelte und verkniff mir die Bemerkung, dass sie den Großteil des Tages verpennt hatte. „Okay, dann versuche ich, noch eine Mütze Schlaf zu kriegen. Weck mich, wenn du tauschen willst, ja?"

„Ja, mach ich", versprach sie und drückte erneut auf die Play-Taste an der Mittelkonsole.

Es dauerte nur ein paar Minuten, bis ich wieder in einen tiefen Schlummer fiel, also *tief* in Anbetracht der Situation. Autofahren war für mich so ziemlich die anstrengendste sitzende Tätigkeit überhaupt. Ob ich etwas träumte, weiß ich nicht mehr. Ich erinnere mich nur noch daran, dass plötzlich im Auto jemand kreischte.

„Boah, ich flipp aus! So was Cooles hab ich noch nie gesehen! Da müssen wir hin! Da müssen wir hin!", schallte Octocats Stimme durch den Wagen, während ich mühsam die Augen öffnete.

Als mein Kater bemerkte, dass er es geschafft hatte, mich zu wecken, wurde er noch lauter. „Angela, sag der alten Frau, sie soll gleich da hinten rausfahren!"

Paisley kläffte unentwegt in einer extra hohen Tonlage, wie sie es immer tat, wenn sie zu aufgeregt war, um richtige Worte hervorzubringen.

Mir dröhnte der Kopf, sodass es mir schwerfiel festzustellen, wo wir uns befanden und wie spät es war. Der Nachthimmel hing noch dunkel über uns, die Straße war leer, und doch schienen unsere tierischen Mitreisenden putzmunter zu sein.

„Angela, übernimm das Steuer! Wir sind fast an der Ausfahrt! Wir dürfen sie nicht verpassen!", lärmte mein Tiger weiter.

Ich blickte zu Großmutter hinüber, die schlaff in ihrem Sitz hing und deren Hände zwar auf dem Lenkrad lagen, es jedoch nicht mehr richtig umfassten.

„Grandma!", rief ich. „Du hättest mich wecken sollen!"

„Hm? Was?" Sie drehte sich nur für einen Sekundenbruchteil zu mir um, doch der reichte schon.

Es schepperte und rumpelte furchtbar, als das Auto von der Fahrbahn abkam und ins Schleudern geriet, wodurch die Airbags ausgelöst wurden. Paisley stieß einen schrillen Schrei aus. Octocat fauchte entsetzt. Und ich bangte um mein Leben und hoffte, jeden Augenblick aus diesem schrecklichen Albtraum zu erwachen, was nicht geschah. Stattdessen kamen wir nach einigen Schrecksekunden auf einem Feld zum Stehen. *Puh, Glück im Unglück.*

Grandma schluchzte neben mir. „Mein armes, armes Baby. Was habe ich dir nur angetan?" Wieder einmal sprach sie mit ihrem Auto. Also lag es wohl an mir, mich zu vergewissern, dass niemand verletzt war.

„Paisley?", rief ich besorgt, denn zweifellos war die kleine Maus mit ihren weniger als fünf Pfund am meisten gefährdet.

„Das war krass", wimmerte sie hinter mir. „Ich hatte solche Angst. Ich bin auf den Boden gefallen, aber es hat nur ein bisschen weh getan."

Ich atmete erleichtert auf und holte dann noch

einmal tief Luft, bevor ich fragte: „Octocat? Geht es dir gut?"

„Ich bin alles andere als glücklich über diese Wendung der Ereignisse, Angela", brummte er. Es war nicht sein übliches ärgerliches Brummen, sondern ein tieferes, unheilvolleres. *O nein, was war los mit ihm?*

Als ich mich umdrehte, tat mir der Nacken weh, aber ich konnte sehen, dass er stocksteif auf dem Sitz saß und seine Krallen tief in die Lederpolster gebohrt hatte.

An weiteren Stellen, wo er sich festgeklammert hatte, klafften nun kleine Löcher, aus denen die Schaumstofffüllung hervorblitzte. Rasch nahm ich eine Decke vom Boden und warf sie darüber, damit Grandma es nicht sofort bemerkte. Sie war schon aufgeregt genug, weil ihrem geliebten Auto etwas zugestoßen war.

„Ich bin empört!", drang es unter der Decke hervor, bevor mein Kater einen Moment später seinen Kopf herausstreckte, um mich für diese unfassbare Demütigung zu tadeln. „Als ich darum bat, einen Zwischenstopp einzulegen, wollte ich, dass wir uns dieses gigantische Aquarium ansehen gehen, das allergrößte im ganzen Staat. *So* hatte ich das mit dem Stopp allerdings nicht gemeint."

„Das größte in welchem Staat? Wo sind wir hier eigentlich?", fragte ich verwirrt. Schließlich lag das halbe Land zwischen unserem Zuhause in Maine und Grizabellas in Colorado.

„Michi-bun", informierte Paisley mich. „Zumindest hat Grandma das gesagt, als wir vor einer Weile an einem großen Schild vorbeikamen. Willkommen in Michi-bun."

Michigan. Damit hatten wir etwas weniger als die Hälfte unserer Reise hinter uns, was bedeutete, dass wir trotz aller Bemühungen nicht gut in der Zeit lagen.

Ich warf meinem Kater einen finsteren Blick zu, weil ich fand, dass ich viel mehr Grund hatte, mich über ihn zu ärgern als er sich über mich. „Du hast also dieses ganze Gezeter wegen eines Aquariums veranstaltet, das um diese Zeit noch nicht einmal geöffnet hat. Sag mal, geht's noch? Du hast doch ein Aquarium zu Hause!"

„Es ist aber nicht das Größte im ganzen Bundesstaat. Ich will das hier sehen."

„Auf keinen Fall!" Ich drehte mich um und sah nach vorne. *Autsch, mein armer Nacken.* „Du kannst froh sein, wenn wir Grizabella jetzt überhaupt noch zu Gesicht bekommen."

„Neiiiiin!", kreischte er und katapultierte sich mit

ausgestreckten Krallen auf meinen Schoß „Das kannst du mir nicht antun."

„Aua! Böse Katze!", schrie ich, packte ihn und setzte ihn wieder auf den Rücksitz, was erneut zu einem stechenden Schmerz in meinem Nacken führte.

„Grandma?" Ich stupste sie an, als ich bemerkte, dass sie weiterhin über den ausgelösten Airbag gebeugt war und das Armaturenbrett ihres Autos streichelte. „Bist du okay?"

„Mir geht es gut, aber mein armes Mädchen ist ein Wrack."

„Das kann sicher repariert werden. Dafür ist die Versicherung doch da", versuchte ich, sie mit einem aufmunternden Lächeln zu beruhigen. „Wir müssen versuchen, so schnell wie möglich Hilfe zu bekommen. Soll ich auf meinem Handy nach einem Abschleppdienst suchen?"

„Nein", schniefte sie und schluchzte. „Ich habe eine Freundin, die zufällig nicht so weit weg von hier wohnt. Sie kann uns hoffentlich abholen."

„Okay, aber dann ruf sie bitte jetzt an. Wir wissen nicht, wie groß der Schaden am Auto ist und wie lange es dauern wird, bis es wieder fahrbereit ist."

Sie schüttelte den Kopf, und abermals strömten Tränen über ihre Wangen. „Es tut mir so leid, Liebes.

Ich hätte dich bitten sollen, das Steuer zu übernehmen, aber ich dachte nicht, dass ich so müde wäre."

„Nicht so schlimm. Wirklich. Unfälle passieren nun mal", sagte ich, obwohl mir selbst noch nie einer passiert war. „Es geht uns allen gut. Das ist die Hauptsache."

Grandma schnallte sich ab und stieg aus, um den Schaden zu begutachten. Ich tat es ihr gleich, und prompt versanken meine Füße mit einem schmatzenden Geräusch im Schlamm.

„Ich weiß nicht, wie das passieren konnte", murmelte sie und starrte mit entsetzter Miene auf das verunglückte Fahrzeug. „Ich war gar nicht so müde. Ich ..."

Es war nicht mehr zu ändern. Jetzt lag es an mir, meine Großmutter davor zu bewahren, sich nicht mit Selbstvorwürfen zu kasteien.

„Du musst dich nicht rechtfertigen", versicherte ich ihr und stellte mich neben sie. „Es ist doch nicht so schlimm, alles wird gut. Aber wir brauchen jemanden, der uns hier abholt. Gib mir mal dein Handy."

Sie kramte es aus ihrer Tasche hervor und reichte es mir.

„Danke dir. Wie heißt denn deine Freundin, die uns vielleicht einsammeln könnte?"

„Melissa", antwortete sie mit einem kleinen Seufzer. „Normalerweise geht sie ziemlich früh schlafen, aber sie hat mir die Nummer ihres Ehemanns für Notfälle gegeben, und der ist wohl eine Nachteule."

„Das hört sich doch schon mal gut an." Ich blätterte durch die Kontakte, bis ich *Melissa* und dann *Melissas Ehemann* fand.

Ich würde Grandma erst später fragen, warum sie sich die Nummer eines ihr unbekannten Mannes, der irgendwo in Michigan wohnte, für Notfälle gespeichert hatte. Und was auch immer der Grund für diese seltsame Vorsichtsmaßnahme war, sie hatte damit einen guten Riecher gehabt.

12

Grandmas Freundin erschien etwa vierzig Minuten später mitsamt ihrer ganzen Familie. „Steigt ein!", rief sie und deutete auf die hinteren Sitze des riesigen Geländewagens, wo eigentlich kaum noch Platz war. „Tut mir leid wegen der Unordnung."

Ich quetschte mich neben ein kleines Mädchen, das fest schlief und dem ein glitzernder Tropfen Spucke aus seinem Schmollmund tropfte.

„Ich konnte sie doch nicht zu Hause lassen", sagte Melissa, die mich musterte, während Grandma mit deren Mann den Unfallschaden begutachtete. „Deine Großmutter hat mich angerufen, aber ich fahre nur sehr ungern Auto, also sind wir alle gekommen."

„Ich gehe da nicht rein. Es stinkt nach Hund",

informierte Octocat mich von draußen. Er rümpfte angewidert die Nase, und wieder einmal war ich heilfroh, dass andere Menschen ihn nicht verstanden. Anstatt ihm zu antworten, seufzte ich bloß. Er wusste, dass ich vor Leuten, die mein Geheimnis nicht kannten, keinesfalls mit ihm reden konnte, was ihn aber nicht davon abhielt, sich zu beschweren, und zwar in einer Tour.

„Hast du keine Angst, dass deine Katze wegläuft?", fragte Melissa und blickte mit besorgtem Blick von ihm zu mir. Sie war eine große, füllige Frau, aber das Auffälligste an ihr war ihr freundliches Dauerlächeln.

„Nein, er weiß, dass das nichts bringen würde, selbst wenn er gerade genervt ist", erwiderte ich und sah Octocat an, der meinen Wink hoffentlich verstehen würde.

In diesem Moment kam Paisley schwanzwedelnd ins Auto gehüpft, um unsere Helfer zu begrüßen.

„Oh, was für eine süße Maus!", flötete Melissa mit einer so hohen Stimme, dass mir die Ohren klingelten. „Wer ist denn dieses Engelchen?"

„Das ist Grandmas Hund Paisley."

„Ach ja, natürlich ist sie das!" Melissa nahm die quirlige Chihuahua-Hündin auf den Arm und ließ sich von ihr das Gesicht abschlecken. Da bemerkte ich, dass auf ihrem schlabberigen T-Shirt in großen Buchstaben *Crazy Chihuahua Lady* stand. Kein Wunder, dass sie und Grandma befreundet waren.

„Oh, du bist ja wirklich eine Zuckerschnute", quietschte sie. Sowohl sie als auch Paisley schienen vor Begeisterung zu zittern. War diese Frau etwa so besessen von Chihuahuas, dass sie sich sogar wie einer verhielt? Komisch.

„Ich mag sie", bellte Paisley fröhlich.

„Sie sieht genauso aus wie meine Sky Princess", meinte Melissa, die uns weiterhin anlächelte. „Du wirst sie nachher kennenlernen, wenn wir bei uns sind. Dann könnt ihr euch etwas ausruhen, während euer Auto repariert wird. Ach, Mensch ..." Sie deutete auf den ramponierten Sportwagen. „Das ist der Grund, warum ich nicht Auto fahre."

Grandma kam mit Melissas Mann zurück, und sie stiegen beide vorne ein.

„Komm schon, Octocat", rief ich und schnalzte mit der Zunge.

Zum Glück hatte er offenbar beschlossen, nicht allein am Straßenrand zurückbleiben zu wollen, und kam herangetrabt.

Melissa legte mir anerkennend eine Hand auf die Schulter. „Wow, er gehorcht dir ja aufs Wort. Fast wie ein Hund."

„Ein Hund!?", kreischte mein Kater. „Die spinnt ja wohl! Ich werde keine weitere Sekunde mit dieser verrückten Frau verbringen."

„Pst. Komm schon. Es ist in Ordnung", murmelte ich. Als ich mich zurücklehnte, merkte ich auf einmal, wie müde ich war.

Melissa schnappte hörbar nach Luft, sagte jedoch nichts und schwieg für den Rest der Fahrt zurück zu ihrem Haus, das mehr als eine halbe Stunde entfernt lag, während ich vor mich hin döste.

Als wir ankamen, schlug uns das lauteste Gebell entgegen, das ich je in meinem Leben gehört hatte. Einen Moment später kamen fünf Hunde nach draußen gerast, um uns zu begrüßen.

„Wow, wie viele sind das denn?", fragte Grandma lachend und kraulte einen mittelgroßen Mischling hinter den Ohren.

„Sieben", teilte Melissa ihr mit, „aber die Chihuahuas sind noch drinnen, weil sie nicht stark genug sind, um allein durch die Hundeklappe zu kommen."

„Sie ist wahnsinnig", keuchte Octocat. „Definitiv wahnsinnig. Ich weigere mich, dieses Haus zu betreten."

„Es ist schon mitten in der Nacht", sagte Grandma seufzend. „Ich weiß es zu schätzen, dass ihr uns zu Hilfe gekommen seid, aber ich hoffe, wir müssen nicht bis zum Morgen warten, um jemanden zu finden, der sich das Auto ansieht."

„Glaub ich nicht, es gibt eine ganze Reihe Autowerkstätten hier im Umkreis. Bestimmt bietet eine von denen einen Notdienst an", sagte Melissas Mann, der sich zu uns gesellte, nachdem er seine Tochter rasch wieder ins Bett gebracht hatte.

„Moment, ich bin gleich wieder da", raunte Grandma uns zu, bevor sie erneut auf den Beifahrersitz des Geländewagenmonstrums kletterte und aus unserem Blickfeld verschwand.

„Also ...", sagte Melissa und bedachte mich mit einem verschmitzten Blick. „Du bist Dorothys Enkelin, oder?"

Großmutter hatte mich ihr vorhin nicht richtig vorgestellt. „Ja genau. Mein Name ist Angie."

Ihre Stimme wurde zu einem Flüstern, als wir die kleine Treppe vor der Haustür hinaufstiegen. „Bist du diejenige, die ... du weißt schon? Mit ... na ja, du weißt schon?"

Es war klar, worauf sie hinauswollte, und dass machte mich plötzlich sehr wütend, aber ich ließ mir nichts anmerken. Hatte Grandma etwa irgendwelchen nahezu wildfremden Leuten mein größtes Geheimnis anvertraut? Anscheinend kannten sie und Melissa sich nicht einmal besonders gut, sonst hätte sie sicher nicht so überrascht auf Paisley reagiert, und Grandma hätte gewusst, wie viele Hunde diese Familie besaß.

„Du brauchst nichts zu sagen", fügte sie mit einem verschwörerischen Grinsen hinzu. „Und dein Geheimnis ist bei mir sicher, Ehrenwort. Ich würde es niemals irgendwem erzählen. Na ja, außer meinem Mann und meiner Tochter vielleicht. Denen erzähle ich alles."

Großartig. Also wussten sie alle drei davon, und die Kleine war höchstens sechs oder sieben Jahre alt. Kinder in dem Alter konnten doch nur schwer etwas für sich behalten. Daher hatte ich nicht das Gefühl, dass mein Geheimnis bei ihnen gut aufgehoben war.

Melissa stieß die Haustür mit einem „Herzlich willkommen" auf, und ich blickte in den dunklen Flur, in der Erwartung, ihre Chihuahuas würden gleich angeflitzt kommen, um uns zu begrüßen.

Was ich tatsächlich sah, war eine höchst unangenehme Überraschung …

Octocat, der hinter uns die Stufen hinaufgeschlichen war, stieß plötzlich ein lautes Knurren aus und machte einen Riesensatz in das Bäumchen neben der Treppe.

„Das ist schlimmer als mein schlimmster Albtraum", jammerte er.

Gerne hätte ich ihn beruhigt und ihm gesagt, dass wir nicht lange hierbleiben würden und er sich keine Sorgen machen solle, aber ich wusste ja nicht, wie kaputt Grandmas Auto tatsächlich war und ob wir wirklich um diese Zeit noch einen Mechaniker finden würden. Also ließ ich ihn stattdessen in dem Baum sitzen, während Paisley und ich Melissa ins Haus folgten und die Tür hinter uns schlossen.

Hoffentlich würde sich das hier nicht auch als mein schlimmster Albtraum erweisen.

13

„Was machst du in meinem Haus?", fauchte ein Maine-Coon-Kater, der Octocat sehr ähnlichsah, nur dass er mindestens doppelt so groß, doppelt so flauschig und doppelt so bedrohlich war.

Nach seiner Aufforderung, meine Anwesenheit zu erklären, marschierte er direkt auf Paisley zu und versetzte ihr mit der Pfote einen Hieb ins Gesicht. Zwar tat er das ohne Knurren oder ausgefahrene Krallen, aber das Manöver wirkte trotzdem ziemlich aggro.

„Scht!", rief Melissa empört, und ihr Haustiger huschte davon und suchte sich einen Platz auf halber Höhe der Treppe, um uns im Auge zu behalten.

„Das ist mein Haus, und hier regiere ich!",

brummte der Kater, dessen Schwanz unruhig hin und her zuckte.

Ich beobachtete ihn misstrauisch, da ich befürchtete, er könnte einen weiteren Versuch unternehmen, auf Paisley loszugehen, wenn wir nicht aufpassten. Zum Glück war Octocat wohlweislich draußen geblieben, denn gegen diesen Türsteher-Kater hätte er keine Schnitte, falls es hart auf hart käme.

„Ich entscheide, wer hier hereinkommt, und dir habe ich das nicht genehmigt", miaute er. „Wenn du bleiben willst, musst du mir einen Leckerli-Stick geben."

„O mein Gott", keuchte Melissa und legte sich die Hand aufs Herz. „Er redet mit dir, nicht wahr? Merlin spricht, und du verstehst ihn! Was sagt er denn? Was will er?"

Ich zögerte, einerseits, weil ich ihr nicht sagen wollte, dass sich ihr Kater wie ein aufgeblasener Idiot benahm, doch vor allem, weil ich überhaupt nicht darüber sprechen wollte. Diese Frau war im Grunde eine Fremde für mich, und doch kannte sie mein allerprivatestes Geheimnis – das störte mich gewaltig.

„Und?", fragte Melissa mit ihrem breiten Lächeln.

Ich seufzte. „Er will einen Leckerli-Stick."

Sie gluckste. „Ja, das habe ich mir schon gedacht. Komm mit, ich zeige dir das Prozedere."

Dann erklärte sie mir haarklein, wie Merlin seine Leckerchen am liebsten serviert bekam, angefangen damit, wo ich mich hinstellen sollte, wenn ich die Verpackung seines Snacks öffnete, wie schnell ich mich auf den Kratzbaum zubewegen sollte, wo er diesen am liebsten einnahm, und wie lange ich den Stick in der Hand halten musste, bevor ich ihn dort ablegte, damit er sich ihn holen konnte.

Dieser Merlin wusste offenbar ganz genau, wie er sich seinen Menschen mitteilen konnte, auch wenn diese seine Worte nicht verstanden.

„Ich lasse jetzt die Hunde rein, okay?", meinte Melissa, nachdem ich die Opfergabe an den Kater vollbracht hatte.

In dem Moment, als sie die Glasschiebetür öffnete, bemerkte ich erst, wie still es im Haus gewesen war. Paisley rollte sich sofort auf den Rücken und ließ sich von den anderen beschnuppern, dann sprang sie zappelig auf. Ein dicker Corgi beschnüffelte sie so intensiv, dass er sie aus Versehen umwarf.

„Das ist toll!", rief die kleine Hündin. „Ich wollte schon immer in eine Hundetagesstätte gehen."

Ich seufzte. Nun, da mein Geheimnis ohnehin bereits gelüftet war, konnte ich ihr genauso gut antworten. „Es ist keine Tagesstätte. Es ist nur …"

Urplötzlich sprang Paisley mit einem so lauten Bellen auf, dass ich vor Schreck einen Schritt zurücktrat. „Da-da-da, der Hund aus dem Spiegel! *Wa-wa-wa!*"

Und tatsächlich kam just in diesem Moment ein Chihuahua herangesaust, der Paisley wie aufs Haar glich. Genau wie sie war er dreifarbig und überwiegend schwarz. Die andere Hündin bellte einmal laut und begann dann, demonstrativ mit den Hinterbeinen zu scharren und zu schnüffeln, was wahrscheinlich als Einschüchterung gedacht war.

„Nein, *du* bist der Hund aus dem Spiegel!", kläffte sie Paisley an.

„Sky Princess", schimpfte Melissa. „Komm her."

Das Chihuahua-Mädchen wuffzte und zögerte kurz, bevor sie sich von ihrem Frauchen auf den Arm nehmen ließ.

„Nimm mich hoch! Nimm mich hoch!", bettelte Paisley, stellte sich auf die Hinterbeine und kratzte wimmernd an meinen Waden.

Ich tat ihr den Gefallen, und sofort fingen beide Hunde wieder an zu bellen und sich gegenseitig zu beschimpfen, der Hund aus dem Spiegel zu sein.

„Ach herrje. Gut, dass meine Tochter immer so tief schläft, sonst hätte ich Angst, dass sie sie aufwecken", sagte Melissa und verdrehte die Augen. „Für den Rest der Mannschaft ist auch schon längst Schlafenszeit. Ich bringe sie in ihre Hundebetten, dann sollte hier etwas mehr Ruhe einkehren."

Als sie wiederkam, setzten wir uns gegenüber an den Küchentisch. Melissa bot mir eine eiskalte Cola Light an, die ich dankbar annahm.

„Und wie läuft's bei dir so?", fragte sie, als wären wir alte Freundinnen. „Bestimmt ist es gar nicht so einfach, mit einer solch schillernden Persönlichkeit wie deiner Großmutter zusammenzuleben."

Darüber musste ich kichern, auch wenn mir ihre Neugierde unangenehm war. Am liebsten hätte ich erwidert, dass ich mir ebenfalls nicht vorstellen konnte, so wie sie mit einem kleinen Zoo unter einem Dach zu leben, doch ich wollte nicht unhöflich sein.

In diesem Moment ertönte ein lauter Schlag gegen das Fenster, und ich sprang erschrocken auf. „Was war das? Ich dachte, du hättest alle Hunde ins Bett gebracht?"

Melissa erhob sich von ihrem Stuhl und stapfte zum Küchenfenster. „Ernsthaft, Kumpel! Um diese Zeit?", rief sie laut. Anscheinend war ihr Kater nicht der einzige Verrückte hier.

Stöhnend und mit einem genervten Gesichtsausdruck drehte sie sich wieder zu mir um. „Das war unsere Horror-Drossel", teilte sie mir mit, als sei das vollkommen selbsterklärend, jedoch hatte ich keine Ahnung, was sie meinte.

Gespannt nahm ich einen Schluck von meiner Cola und wartete darauf zu erfahren, was es mit diesem komischen Vogel auf sich hatte.

Schließlich erklärte sie es mir: „Sie kommt schon seit einigen Jahren jeden Frühling und Sommer hierher. Dann verbringt sie den ganzen Tag damit, an unser Küchenfenster zu klopfen, und nachts wirft sie sich gegen unser Schlafzimmerfenster."

„Was? Warum macht sie das denn?"

Melissa zuckte mit den Schultern. „Vögel sind echt seltsam. Dieses Vieh könnte sich doch einfach eine andere Bleibe suchen, vielleicht würde man sie sogar irgendwo hereinlassen, aber sie scheint unser Haus zu ihrem Territorium erklärt zu haben, und davon ist sie nicht mehr abzubringen."

Ich nickte und dachte über das eigenartige Verhalten dieses Vogels nach. Offenbar führte er lieber einen sinnlosen Kampf, bei dem er sich sogar verletzen könnte, als in ein neues Zuhause umzuziehen.

Das war seltsam und brachte mich ins Grübeln. Wenn Vögel ein solch ausgeprägtes Revierverhalten besaßen, warum war dann der Schwarm, dessen

Revier zuvor das Gebiet rund um Dewdrop Springs gewesen war, einfach verschwunden? Alpha, Bravo und die anderen schienen völlig unbeeindruckt von der Tatsache, dass sie weg waren, doch offensichtlich war es alles andere als normal, dass Vögel ihr Zuhause ohne einen triftigen Grund verließen. Und in Anbetracht der Beharrlichkeit der Horror-Drossel musste ein triftiger Grund schon ein drastischer Grund sein.

Das wiederum ließ darauf schließen, dass Charles mit seinem Verdacht recht hatte – irgendetwas war faul bei den Möwen. Hoffentlich würde Pringle die Wahrheit ans Licht bringen können, bevor uns die Zeit davonlief. Jetzt mussten wir ihn nur noch finden und dazu bewegen, uns zu helfen.

14

Etwa anderthalb Stunden später kam Grandma mit Melissas Mann von der Werkstatt zurück.

„Sie haben mein Mädchen so gut es ging repariert", teilte sie mir mit, sah mich dabei jedoch nicht an, vielleicht weil sie erneut den Tränen nahe war. „Der Motor und alles ist in Ordnung, nur ein Reifen war geplatzt. Den haben sie ausgetauscht, und sie meinten, ich solle vielleicht die Polster hinten reparieren lassen, wenn wir wieder zu Hause sind."

„Das sind doch gute Nachrichten, oder?" So würden wir uns nun hoffentlich bald wieder auf den Weg machen können. Melissa war zwar nett, aber die ganze Situation fühlte sich immer noch befremdlich an. Schließlich hatte nur Grandma sie vorher gekannt. Außerdem machte ich mir Sorgen um Octo-cat, der sich allein draußen in dieser fremden Umgebung und den unbekannten Wäldern herumtrieb.

„Zumindest ist der Wagen wieder fahrtüchtig", sagte sie mit einem niedergeschlagenen Seufzer. Ich wusste, wie viel ihr das kleine Sportcoupé bedeutete, aber es würde schon bald wieder wie neu sein. Außerdem würde sie nun vielleicht zustimmen, in einem Hotel zu übernachten, damit wir uns beide zwischendurch richtig ausruhen konnten.

„Dann lass uns losfahren. Ich bin jetzt hellwach." Ich lächelte Melissa an und hoffte, dass sie es nicht als Kränkung empfand, dass ich so schnell wie möglich weiter wollte. „Vielen Dank für eure Hilfe und eure Gastfreundschaft! Das war sehr nett von euch."

Sie umarmte mich kurz, was mich überraschte, schließlich kannten wir uns kaum, und es war nicht so mein Ding, mit fremden Leuten gleich auf Tuchfühlung zu gehen. „Ich muss gestehen, ich beneide dich", flüsterte sie mir ins Ohr. „Was du kannst, ist echt cool. Es würde mich mega freuen, wenn du mir mal mehr darüber erzählen würdest."

Dann trat sie einen Schritt zurück und sagte zu Grandma und mir: „Dorothy, du weißt, wo ich online zu finden bin. Oh, und bevor ihr geht, lasst mich euch noch ein paar leckere Sachen für euch und die Tiere als Proviant einpacken."

Etwa zwanzig Minuten später befanden wir uns wieder auf der Autobahn.

„Bist du sicher, dass wir nicht einfach nach Hause fahren sollten?", fragte ich, während ich einen Schluck von einem der Kaffee-Kaltgetränke nahm, die Melissa uns mitgegeben hatte. „Wir haben erst die Hälfte der Strecke geschafft und schon so einiges durchgemacht.

„Frag mich mal, was *ich* alles durchgemacht habe", murrte Octocat. „Du musstest schließlich nicht draußen warten. Sei froh, dass dieser spinnerte Kater ein solcher Stubenhocker war, sonst hätte das ein böses Ende genommen – mit ihm."

„Hör auf zu jammern und nimm einen Leckerli-Stick", sagte ich grinsend. „Ähm, kannst du ihm einen geben, Grandma?"

Es überraschte mich nicht, dass er von diesen Fleischstäbchen genauso angetan war wie Melissas Kater Merlin. Und um eines aufzufressen, brauchte er länger als für die kleinen Snacks, die er sonst bekam, sodass wir jedes Mal, wenn wir ihm ein neues hinwarfen, tatsächlich ein paar Minuten Ruhe vor ihm hatten. Ehrlich gesagt war allein diese Entdeckung den ungeplanten Umweg wert.

„Wir haben so oder so noch eine lange Fahrt vor uns, also können wir auch genauso gut weiterfahren", sagte Grandma, nachdem sie Octocats Snack ausgepackt und auf den Rücksitz geschleudert hatte.

„Schlaf ein bisschen, wenn du kannst", riet ich ihr, stellte die Dose mit dem Fertigkaffee in den Getränkehalter und legte beide Hände ans Lenkrad. „Ich bin nicht müde, aber ich verspreche dir, dass ich dich wecken werde, wenn ich nicht mehr kann. Dann entscheiden wir, ob du wieder das Steuer übernimmst oder ob wir eine Pause einlegen und uns eine Weile ausruhen."

„In Ordnung", stimmte sie zu, kippte ihren Sitz so weit wie möglich zurück und überließ mich meinen Gedanken.

Und Stoff zum Nachdenken hatte ich in der Tat mehr als genug. Da war nicht nur dieser merkwürdige Fall, bei dem wir den Möwen helfen sollten, sondern auch das Rätsel um den verschwundenen Schwarm. Wir mussten unbedingt Pringle bald finden und ihn überreden, für uns den Spion zu spielen.

Außerdem war ein ernstes Gespräch mit Grandma fällig. Es ging einfach nicht an, dass sie anderen von meiner Fähigkeit, mit Tieren zu sprechen, erzählte, schon gar nicht irgendwelchen

Leuten, die sie nur über das Internet kannte. Mich schauderte es, wenn ich darüber nachdachte, welche Konsequenzen ihre lose Zunge für mich haben könnte. Manchmal benahm sich meine achtzigjährige Großmutter echt wie ein kleines Kind. Wie konnte sie bloß wildfremden Menschen solche privaten Dinge anvertrauen, die niemanden etwas angingen?

Ja, gut, natürlich war es ein glücklicher Zufall gewesen, dass ihre Bekannten in Michigan so hilfsbereit waren, wenngleich ein wenig tierverrückt, doch zumindest keine Psychos.

Aber wie vielen Leuten hatte sie es sonst noch erzählt? Am liebsten hätte ich sie sofort zur Rede gestellt, jedoch wusste ich, dass ich es besser erst aufs Tapet bringen sollte, wenn wir wieder zu Hause in Glendale waren. Nicht dass am Ende ein weiterer Unfall passierte, das wollte ich auf keinen Fall riskieren.

Da Großmutter mein Handy bereits über Bluetooth mit dem Audiosystem verbunden hatte, konnte ich mir meine Lieblings-Playlists ganz einfach über die Autolautsprecher anhören. Und so begleiteten mich diverse Lovesongs aus den Achtzigern durch die Nacht, während meine Mitfahrer die meiste Zeit friedlich schlummerten. Gelegentlich wachte einer

von ihnen auf, um ein paar Minuten mit mir zu plau-
dern und kurz darauf wieder ins Reich der Träume
abzudriften.

Als die Musik ein paar Stunden später unterbrochen wurde, weil mein Handy klingelte, bekam ich
das zunächst gar nicht richtig mit, da ich so
versunken war.

Grandma gab ein verschlafenes Schnauben von
sich, beugte sich vor, um einen Knopf an der Stereo-
anlage zu drücken, und sank wieder in ihren Sitz
zurück.

„Hallo? Angie?", hörte ich Charles leicht irritiert
sagen.

„Ja, ich bin's. Hi!", erwiderte ich, während ich das
Lenkrad mit beiden Händen umklammerte.

„Soll ich besser später anrufen? Ist es noch zu
früh?"

„Nein, kein Problem, ich bin schon seit Stunden
wach." Ich überlegte, ob ich ihm von unserem Unfall
und dem damit verbundenen Zwischenstopp
erzählen sollte, aber ich wollte ihn nicht beunruhi-
gen, obwohl ja alles glimpflich ausgegangen war. Ich
würde ihm später von unserem außerplanmäßigen
Abenteuer im Mittleren Westen berichten. Im
Moment hatten wir schon genug um die Ohren.

Charles stieß einen leisen Seufzer aus. „Dann ist

ja gut. Ich wollte dir nur kurz berichten, dass ich heute Morgen früh aufgestanden bin, um vor der Arbeit noch bei dir vorbeizuschauen, und das war auch gut so, denn ich habe Pringle gefunden."

Diese Neuigkeit ließ mein Herz ein bisschen schneller schlagen. Wenigstens eine Sache schien nach Plan zu laufen. „Tatsächlich? Hast du ihm meine Nachricht vorgespielt? Ist er jetzt da?"

„Ja, ja und ja", antwortete Charles mit einem Lachen, sodass ich plötzlich große Sehnsucht nach ihm verspürte. Wie seltsam, dass jemand, den ich vor einem Jahr noch gar nicht kannte, aus meiner Welt nicht mehr wegzudenken war. „Willst du mit ihm reden?"

„Ja, aber warte bitte einen Moment. Ich fahre kurz mal rechts ran. Kannst du mich in ein paar Minuten über FaceTime zurückrufen?" Es war immer am einfachsten, mit Tieren zu sprechen, wenn ich sie dabei auch sehen konnte, und gerade bei unserem gewieften kleinen Waschbär-Gangster brauchte ich definitiv meine volle Konzentration.

Ja, wir benötigten seine Hilfe, aber mir war vollkommen klar, dass diese ihren Preis haben würde – sie hatte immer ihren Preis. Und das war auch der Grund, warum er zwei eigens für ihn angefertigte Baumhäuser, zwei Großbildfernseher, zwei Nerf-

Guns – von denen eine Carla hieß – und zahllose andere Gegenstände in doppelter Ausführung besaß, von denen man nie gedacht hätte, dass ein Waschbär sie überhaupt brauchte.

Er hatte praktisch von allem zwei, denn nach Pringles Meinung wurde jeder wertvolle Besitz dadurch noch wertvoller. Ich war auf jeden Fall dankbar, dass er und Grandma nicht direkt miteinander sprechen konnten, zumindest nicht ohne mich als Vermittlerin. Zusammen würden sie mit Sicherheit nicht nur im Überfluss schwelgen, sondern auch meine Geheimnisse in die ganze Welt hinausposaunen …

Das heißt, wenn sie es nicht schon getan hatten. Diese Ungewissheit bereitete mir arge Bauchschmerzen. Mir fiel wieder ein, wie unbekümmert Melissa über Dinge gesprochen hatte, in die sie nicht hätte eingeweiht sein dürfen. *Jetzt mal eins nach dem anderen,* versuchte ich mich zu beruhigen und holte tief Luft.

Obwohl wir noch nicht einmal in Colorado angekommen waren, konnte ich es schon jetzt kaum erwarten, wieder zu Hause zu sein.

15

Nachdem ich am Seitenstreifen angehalten hatte, dauerte es einige Minuten, bis Charles zurückrief. Grandma, die aus ihrem Schlummer erwacht war, hatte mir angeboten, das Steuer zu übernehmen, aber ich hielt es für das Beste, dieses Gespräch nicht während der Fahrt zu führen. Nicht auszudenken, wenn sie abgelenkt und einen zweiten Unfall bauen würde.

Als Charles sich endlich meldete, schien er außer Atem zu sein. „Sorry ... dass du ... so lange ... warten musstest", japste er. Sein Gesicht war vor Anstrengung gerötet, und er machte einen abgekämpften Eindruck.

„Was ist los? Alles okay bei dir?" Ich versuchte, mir meine Sorge nicht anmerken zu lassen.

„Ja, jetzt schon. Dieser blöde Vogel ist plötzlich hier aufgekreuzt, und ich musste ihn mit einem Besen abwehren." Seine Gesichtsfarbe normalisierte sich langsam, und er lächelte, aber ich war immer noch beunruhigt.

„Was?", rief ich.

„Mensch, nicht so laut!", stöhnte Octocat hinter mir, doch ich ignorierte ihn geflissentlich.

„Er hat versucht, durch die Haustierklappe zu kommen, aber keine Sorge. Ich habe ihn wieder rausgescheucht."

Nun war ich wirklich besorgt, jedoch war mir auch bewusst, dass ich mit Pringle sprechen musste, bevor er ungeduldig wurde und sich erneut aus dem Staub machte, um spannenderen Dingen nachzugehen. Und ob wir ihn dann so bald wiederfinden würden, war mehr als fraglich. Erschwerend kam hinzu, dass Charles weder mit dem Waschbären noch mit den Möwen direkt kommunizieren konnte.

„Okay, wenn es dir wirklich gut geht", sagte ich stirnrunzelnd, „dann reich dein Handy bitte mal an Pringle weiter. Er weiß, wie das funktioniert."

Nun konnte ich auf dem kleinen Display eine rasche Kamerafahrt durch mein eigenes Wohnzimmer verfolgen, allerdings aus einem sehr ungewohnten Blickwinkel. Einige Sekunden später füllte ein maskiertes Gesicht mit glänzenden Augen den Bildschirm.

„Commander, sind Sie das?", fragte er mit einer Stimme, die eher nach einem Gangster aus einem uralten Spielfilm als nach einem Spion klang. Meine abenteuerliche Botschaft hatte offenbar Eindruck bei ihm hinterlassen, was hoffentlich bedeutete, dass er bereit sein würde, meine Anweisungen auszuführen.

„Korrekt." Ich sah ihm direkt in die Augen und setzte eine ernste Miene auf.

„Ich habe Ihre Nachricht erhalten, bevor sie sich selbst zerstören konnte", erwiderte er in einem undeutlichen Flüsterton und blickte hektisch nach links und rechts, bevor er sich wieder mir zuwandte. „Sie sagten, Sie hätten einen Auftrag für mich?"

„Ja, eine höchst konspirative Mission." Ich wusste nicht genau, was das bedeuten sollte, aber es hörte sich gut an. „Äh, bist du bereit für die Details?"

Pringle blinzelte. „Darling, ich wurde bereit geboren ... Hey, jetzt guck nicht so schräg!"

Verflixt. Das war der einzige Nachteil von Face-Time. Ich schaffte es einfach nicht, noch länger diese lächerliche Rolle zu spielen und dabei ernst dreinzuschauen. „Erlauben Sie mir, Klartext zu reden?", fragte ich in einem verzweifelten Versuch, das Ganze nicht zu vermasseln. Daraufhin hielt ich den Atem an und hoffte inständig, er würde zustimmen.

Der Waschbär seufzte und nickte. „Ist genehmigt."

„Wir brauchen deine Hilfe, um herauszufinden, was mit dem verschwundenen Möwenschwarm passiert ist."

Langsam breitete sich ein freches Grinsen auf seinem Gesicht aus. „Ah, davon habe ich gehört. Ich kann dir helfen, aber es wird dich einiges kosten."

Natürlich würde es das. Pringle hatte noch nie etwas aus reiner Herzensgüte getan. Nicht ein einziges Mal. Doch zumindest war er relativ leicht zu überzeugen, wenn der Preis stimmte.

„Gut", sagte ich, fühlte mich jedoch in diesem Moment außerstande, eine vernünftige Verhandlung mit ihm zu führen. „Wir besprechen deine Belohnung, wenn ich zurück bin. Okay?"

Er drehte sich ruckartig zur Seite und reckte die Nase in die Luft. „Das ist leider nicht okay. Ich helfe euch nur, wenn ich weiß, was für mich dabei rausspringt."

Ich seufzte und rieb mir den Nasenrücken. „Okay, was willst du dafür haben?"

Wieder grinste er boshaft. „Eigentlich hatte ich gehofft, dass ..."

„Warte!", warf Charles ein und entriss dem Waschbären anscheinend sein Telefon, denn einen Moment später erschien sein Gesicht auf dem Bildschirm. „Er will doch bezahlt werden, oder?"

Offenbar hatte er direkt erfasst, dass Pringle gerade mit mir zu verhandeln versuchte, obwohl er dessen Worte ja nicht verstehen konnte. Aber inzwischen wusste auch er schon ziemlich genau, wie dieser Waschbär tickte.

„Ja. Hast du eine Idee?", fragte ich hoffnungsvoll, denn mir selbst fiel gerade nichts ein.

Da tauchten Pringles Finger auf dem Bildschirm auf und er rief: „Ich weiß schon, was ich haben will. Gib mir das Handy zurück!"

Charles erahnte wohl erneut, was der dreiste kleine Kerl gesagt hatte, und erhob sich rasch. Somit war das Telefon außer Reichweite des Waschbären, und mein Freund fuhr ungerührt fort: „Die Möwen haben doch angeboten, irgendetwas als Dankeschön zu arrangieren, oder?"

Oh, stimmt ja! Was auch immer die Vögel uns schenken wollten, ich war mir sehr sicher, dass Charles und ich keinerlei Interesse daran hätten. Daher könnte es ein cleverer Schachzug sein, es Pringle schmackhaft zu machen. Vielleicht müssten wir ihm dann nicht schon wieder etwas Teures kaufen, das ein Waschbär ohnehin nicht besitzen sollte, wie etwa ein Motorrad oder einen Roboter. Und angesichts seiner seltsamen Vorliebe für doppelte Ausführungen, würde er wahrscheinlich zwei verlangen, wenn er die Chance dazu hätte.

„Gute Idee", sagte ich lächelnd. Ich fand es großartig, dass mein Freund nicht nur meine seltsame Fähigkeit akzeptierte, sondern auch alles, was damit zusammenhing, und sei es noch so crazy. Darin war er ein wahrer Meister. „Gib ihm das Handy zurück."

Wenige Sekunden später erschien Pringle wieder und starrte mich verärgert an.

„Also, wie ich schon sagte, bevor ich so unhöflich unterbrochen wurde ..." Er hielt inne und warf einen finsteren Blick nach oben, vermutlich zu Charles.

„Warte einen Moment", sagte ich, bevor er fortfahren konnte, und als er innehielt, nutzte ich die Gelegenheit, ihm mein Angebot zu unterbreiten. „Eine schwierige Spionagemission verlangt nach etwas besonders Wertvollem, meinst du nicht auch?"

Jetzt hatte ich seine Aufmerksamkeit.

„Unbedingt", erwiderte er eilig und in einem viel freundlicheren Ton.

„Man hat uns einen geheimen Schatz versprochen." Ich riss die Augen auf, um dieser Enthüllung Nachdruck zu verleihen.

„Ein geheimer Schatz. *Interessant.*" Pringle rieb sich nachdenklich das Kinn. „Und was soll das sein?"

„Das weiß niemand so genau. Das macht es ja so spannend."

Der Waschbär verengte die Augen und taxierte mich. „Hey, du versuchst doch nicht, mich zu verarschen, oder?"

Ich schüttelte nachdrücklich den Kopf. „Nein, natürlich nicht!"

„Hmm ..." Pringle rieb sich weiter das Kinn. Seine Lippen begannen sich zu bewegen, und er schien etwas in sich hineinzumurmeln, jedoch kam kein Ton bei mir an. Schließlich lächelte er und sagte: „Okay, ist gebongt."

„Perfekt."

Nachdem wir das Geschäftliche nun geklärt hatten, schaltete er blitzschnell in den Action-Modus um, was ihm förmlich ins Gesicht geschrieben stand. „Wo finde ich jetzt diesen Schwarm?"

Rasch erzählte ich ihm alle Einzelheiten – oder zumindest die wesentlichen, da er es offensichtlich kaum erwarten konnte loszulegen. Ich schlug ihm vor, sich zunächst in Dewdrop Springs umzusehen. „Geht klar, ich kümmere mich darum", versprach Pringle, ließ das Telefon zu Boden fallen, und weg war er.

Es krachte wie ein Donnerschlag in meinem Ohr, als das Gerät auf dem Dielenboden aufschlug.

„Mein Handy!", hörte ich Charles von irgendwo in der Nähe jammern. Als er es aufhob und auf Anzeichen von Schäden untersuchte, konnte ich mir das Lachen nicht mehr verkneifen.

„Nicht lustig", brummte er, lachte aber mit mir. „Ich vermisse dich echt. Amüsier dich gut, aber komm schnell wieder nach Hause, okay?"

Ich versicherte ihm, dass ich das tun würde, und wir verabschiedeten uns. Eigentlich wünschte ich mir, ich hätte dieser Reise gar nicht erst zugestimmt. Wenigstens konnte ich Charles zwischendurch über FaceTime nahe sein. Octocat hatte mit seiner Freundin die letzten Monate immer nur auf diese Weise kommuniziert. Sie brauchten dieses persönliche Treffen, um ihre Beziehung aufrechtzuerhalten. Und so sehr mein Kater auf diesem Trip auch schon meine Nerven strapaziert hatte, wenigstens war er glücklich. Das machte die Unannehmlichkeiten für mich wett, vor allem, wenn die beiden Katzen diese Woche eine tolle Zeit miteinander hatten.

„Du musst mich auch bezahlen, und mich kannst du nicht so austricksen wie den Waschbären", teilte mir Octocat von der aufgerissenen Rückbank aus mit, was mal wieder bewies, dass er es nicht länger als ein paar Minuten aushalten konnte, ohne sich zu beschweren oder etwas zu fordern.

Ich drehte mich nicht um, um ihn anzusehen, weil ich wusste, dass mein Nacken mir das übelnehmen würde. Verdammter Autounfall. Vielleicht konnte mir Grizabellas Frauchen einen guten Chiropraktiker empfehlen, wenn wir in Colorado waren, denn ich musste so bald wie möglich etwas gegen diese Schmerzen unternehmen. In diesem Zustand würde ich die nächsten Tage und die lange Heimfahrt sicher nicht durchstehen.

„Ich bezahle dir nichts", murmelte ich und räkelte mich gähnend.

Er schnalzte ärgerlich mit der Zunge und meinte dann: „*Hallo?* Du könntest dich schon ein wenig erkenntlich zeigen. Immerhin war es meine Idee, Pringle darauf anzusetzen. Stimmt's oder hab ich recht?"

Verflixt. Da konnte ich ihm nicht widersprechen.

16

rgendwo in Iowa, umgeben von sanften Hügeln, kehrte schließlich eine Art Harmonie im Auto ein. Selbst als Octocat darum bat, sein Hörbuch ein zweites Mal anzuhören, nahm ich es ohne Widerspruch hin.

„Ich will nur sichergehen, dass ich hundertprozentig vorbereitet bin, um meine liebe Grizabella zu umwerben und zu beeindrucken", erklärte er mit einem zufriedenen Seufzer.

Vielleicht lag es nur daran, wie langweilig es war, über dreißig Stunden am Stück über die Autobahn zu gondeln, aber die Dinge, von denen Dr. Roman sprach, begannen beim zweiten Durchgang tatsächlich einen Sinn zu ergeben.

Romantik ist ein Verb, weil es eine Handlung

erfordert.

Auf den ersten Blick mochte es nicht gerade romantisch erscheinen, dass Charles diese Sache mit den Möwen auf sich genommen hatte, um mir zu helfen. Aber je mehr ich darüber nachdachte, desto klarer wurde mir, dass es das Beste war, was er je für mich getan hatte. In etwa einer Woche würde ich hoffentlich meiner leiblichen Großmutter gegenüberstehen, die so lange verschollen gewesen war, und das nur dank seiner Unterstützung.

Ich war ihm etwas schuldig und nahm mir vor, ihm irgendetwas Tolles aus Colorado mitzubringen, obwohl sicher kein Souvenir der Welt an das heranreichen könnte, was er mir und meiner Familie bereits geschenkt hatte.

„Grandma?", fragte ich, nachdem ich längere Zeit mit mir gerungen hatte, ob ich dieses schwierige Thema überhaupt ansprechen sollte. Letztlich war ich zu dem Schluss gekommen, dass ich es nicht länger in mich hineinfressen konnte. „Bist du sicher, dass es für dich in Ordnung ist, wenn ich Kontakt zu meiner anderen Großmutter aufnehme?"

Da sie gerade am Steuer saß, wollte ich sie keinesfalls verärgern oder aufregen, aber ich musste es jetzt einfach loswerden. Sie würde es verstehen, denn sie war jemand, der sein Herz stets auf der Zunge trug, im Guten wie im Schlechten. Dass sie mein Geheimnis mit ihren Online-Freunden geteilt hatte, war ein weiterer Beweis dafür. Doch selbst wenn ich deswegen stinksauer auf sie war, würde ich niemals absichtlich ihre Gefühle verletzen. Ich musste wissen, dass ich ihren Segen dazu hatte, mich demnächst mit meiner leiblichen Großmutter zu treffen. Ich musste aus ihrem Munde hören, dass es in Ordnung war, und sicher sein, dass sie dahinterstand.

Grandma umklammerte das Lenkrad nun so fest, dass ihre Knöchel weiß hervortraten. Kein gutes Zeichen. „Es war falsch von mir, dir so lange nichts von ihr zu erzählen. Ich hoffe nur, dass du und deine Mutter mir das eines Tages verzeihen könnt."

„Das haben wir bereits", versicherte ich ihr und legte ihr liebevoll eine Hand auf die Schulter, damit sie spürte, wie gern ich sie hatte und dass sich daran nichts ändern würde.

Sie seufzte und entspannte sich ein wenig, ihr Griff lockerte sich. „Du vielleicht. Aber deine Mutter wird noch eine Weile brauchen, fürchte ich."

„Ich werde mit ihr reden", sagte ich mit fester, ruhiger Stimme.

„Nein", entgegnete sie barsch, was mich erschreckte.

„Nein?"

„Sie hat ein Recht dazu, sauer zu sein. Ich bin sogar überrascht, dass du nicht noch wütender auf mich bist, Liebes."

„Was du getan hast, war falsch, aber ich kann deine Gründe nachvollziehen. Du hast es gut gemeint." In Wahrheit konnte ich ihr einfach nicht böse sein. Zumindest nicht für längere Zeit. Mit all diesen Gefühlen hatte ich mich schon ausführlich auseinandergesetzt und war bereit, sie hinter mir zu lassen und nach vorne zu schauen. Grandma hingegen schien sich noch mit Schuldgefühlen zu quälen, die schwer auf ihr lasteten und mit den Jahren immer stärker geworden waren.

„Vielleicht am Anfang", stimmte sie zu und umfasste das Lenkrad wieder fester, „aber es war trotzdem egoistisch von mir. Als sie in New York nach Laura suchte und dein Großvater und ich vor ihr weggelaufen sind, anstatt eine persönliche Aussprache mit ihr zu suchen."

„Aber woher willst du wissen, was sie damals vorhatte? Hast du gedacht, sie würde Anzeige erstatten? Und weißt du eigentlich, warum William dich überhaupt angelogen hat?"

Wieder blitzte die Erinnerung an jenen Herbstabend auf, an dem Pringle mir den Brief gab, den er gestohlen hatte und aus dem hervorging, dass

Grandma nicht meine leibliche Großmutter war. Ihr ältester und bester Freund, William McAllister, hatte sie damals dazu überredet, meine Mutter mitzunehmen und für sie zu sorgen. Als ich davon erfuhr, versuchten Charles und ich, den alten Mann aufzuspüren, aber es war zu spät. Er war bereits verstorben und hatte das Motiv für sein Handeln mit ins Grab genommen. Und so würde nur die Mutter seines Kindes – meine leibliche Großmutter – Licht in dieses Dunkel bringen können.

So schrecklich diese Enthüllungen auch waren, sie haben meiner Liebe zu Grandma keinen Abbruch getan. Sie hatte mich großgezogen und mir fast dreißig Jahre lang wahre, bedingungslose Liebe geschenkt, war immer meine größte Stütze und engste Freundin gewesen. Selbst wenn unsere Familie durch eine Lüge entstanden war, hatte sie sich dennoch zu etwas Großem und Echtem entwickelt.

Zwar sehnte ich mich danach, diese Frau zu finden, deren DNA ich in mir trug, um damit abschließen zu können und ihr vielleicht einen kleinen Teil von dem zurückzugeben, was ihr genommen worden war, aber nicht um jeden Preis. Nicht, wenn es diejenige Person verletzte, die mir am wichtigsten auf der ganzen Welt war – Grandma.

„Nein, das wusste ich nicht und weiß es bis heute nicht", sagte sie beinahe flüsternd. „Aber ich habe mich auch nicht sehr bemüht, es herauszufinden. Ich habe mich vom ersten Tag an in deine Mutter verliebt, und damit war die Sache entschieden. Ich hätte alles getan, um sie zu behalten."

„Wir werden bald herausfinden, warum das damals alles so passiert ist. Bravo hat es mir versprochen. Er behauptet, er würde sie sogar schon länger beobachten als mich. Bei mir hat er damit angefangen, nachdem Octocat und ich uns zum ersten Mal begegneten. Wenn er uns zu ihr führt, können wir sie fragen, warum William das getan hat. Ich bin sicher, er hatte seine Gründe, was auch immer sie waren."

Grandma zuckte mit den Schultern, doch ihre Haltung blieb verkrampft. „Was auch immer als Nächstes passiert, ich werde es akzeptieren, und ich werde dich und deine Mutter dabei unterstützen, dass eure Familie wieder zusammenfindet."

„Sie kann dich nicht ersetzen. Das ist nicht der Grund, warum wir sie treffen wollen."

„Ich weiß." Großmutter schenkte mir ein trauriges Lächeln, dann konzentrierte sie sich wieder auf die Straße. Ich wünschte, ich könnte sie jetzt umarmen, aber bis zu unserer nächsten Rast würden meine Worte genügen müssen.

„Ich hab dich …"

„Ich muss mal!", heulte Octocat auf einmal laut-stark und ruinierte damit unseren emotionalen Moment. „Ich muss wirklich ganz dringend! Halt an, halt an! Ich brauche mein Katzenklo, und zwar sofort."

Seufzend verzog ich das Gesicht, weil sich mal wieder alles nur um ihn drehen musste. „Grandma, kannst du kurz rechts ranfahren?"

Sie schmunzelte. „Ich verstehe vielleicht nicht direkt, was er sagt, aber ich kann definitiv erkennen, dass es dringend ist." Sie wechselte die Spur und fuhr wenige Sekunden später vorsichtig auf den Stand-streifen.

„Brauchst du die Pinkelunterlage?", fragte ich, während ich mich abschnallte.

„Nein, ich brauche mein Katzenklo", fauchte er wütend. „Und wenn du es mir nicht gibst, mache ich gleich hier ins Auto, dann riecht es halt für den Rest der Fahrt ein wenig streng."

Na toll. Normalerweise würde ich nicht nachge-ben, wenn er mich derart terrorisierte, aber Grandmas armes Auto hatte schon genug mitge-macht. Außerdem war ich von dem Gespräch mit ihr immer noch ziemlich aufgewühlt.

Also biss ich die Zähne zusammen und stellte

Octocats Reisetoilette mit einer dünnen Schicht Streu auf. Den verschmutzten Teil würde ich bei der nächsten Raststätte wegwerfen und in Colorado gegebenenfalls einen neuen Beutel Katzenstreu kaufen.

Immerhin hatten wir nun schon mehr als drei Viertel des Weges hinter uns gebracht. Andererseits hatten wir trotzdem noch einige Stunden vor uns, obwohl es sich anfühlte, als wäre es mindestens eine Woche her, seit wir gestern Morgen aufgebrochen waren. Im Ernst, wir hatten noch nicht einmal unser Ziel erreicht, und ich hatte wirklich schon die Nase voll von diesem Roadtrip.

Zugegeben, mein Kater hatte seit unseren ersten gemeinsamen Autofahrten große Fortschritte gemacht, was das anging, denn früher hasste er es wie die Pest. Da brauchte er tatsächlich Beruhigungstabletten, um eine längere Tour durchzustehen. Dennoch würde es wohl niemals angenehm sein, stundenlang mit ihm im Auto zu hocken, egal wie viele Vorsichtsmaßnahmen ich auch traf.

Kurzum, das nächste Mal, wenn Octocat seine Grizabella sehen wollte, musste sie mit ihrem Frauchen zu uns kommen. Und wenn er irgendwo anders hinwollte, würden wir den Flieger nehmen – Ende der Diskussion.

17

Danach übernahm ich wieder für ein paar Stunden das Steuer, und Grandma fuhr die letzte Etappe auf unserem Weg nach Boulder.

Charles schickte mir mehrere Textnachrichten, um sich zu erkundigen, wie wir vorankamen und um mich auf den neuesten Stand zu bringen. Leider gab es keine echten Neuigkeiten. Bravo folgte ihm weiterhin auf Schritt und Tritt, und Pringle war noch nicht von seiner Aufklärungsmission zurückgekehrt. Das war zwar beides nicht sonderlich erfreulich, aber offen gestanden überraschte es mich auch nicht. Wenigstens würden wir bald da sein, sodass er mich leichter erreichen konnte, wenn er meine Hilfe brauchte.

Wir waren jetzt fast am Ziel, und ich konnte es kaum erwarten, endlich nicht mehr in dieser gefährlichen Blechbüchse sitzen zu müssen, die in den letzten zwei Tagen unser Zuhause gewesen war. Bei unserem Unfall war zwar zum Glück nichts Schlimmes passiert, aber trotzdem hatte ich mich deswegen die ganze Zeit ziemlich unbehaglich gefühlt.

Und wie sich nun zeigen sollte, war ich nicht die Einzige, die mit neuen Ängsten zu kämpfen hatte. Als wir die Stadt erreichten, begann Octocat auf dem Rücksitz zu schnaufen und zu hecheln. Seine Zunge hing ihm aus dem Maul, während er um Luft rang.

„Oh, wie cool!", quietschte Paisley begeistert. „Octavius tut so, als wäre er ein Hund. Schau mal, ich kann dir zeigen, wie das geht, großer Bruder. *Heh. Heh. Heh.*"

Sie ließ ihre kleine, rosa Zunge jetzt ebenfalls heraushängen, während ihr ganzer Körper vor Aufregung zitterte. Octocat hingegen sah aus, als müsse er gleich kotzen.

„Paisley, lass ihn bitte in Ruhe", bat ich sie.

Die kleine Hündin bewegte sich auf die andere Seite der Sitzbank und legte den Kopf schief. „Warum? Stimmt etwas nicht mit ihm, Mami?"

„Ich kriege ...", keuchte mein Kater dramatisch, „keine Luft mehr."

Ich drehte mich so weit wie möglich zu ihm um und zog ihn zu mir nach vorne. Dann setzte ich ihn vorsichtig auf meinen Schoß und hielt ihn fest.

„Sollen wir besser anhalten?", fragte ich besorgt, weil er weiterhin keuchte.

„N-n-n-nein. Nur ... ner-ner-ner-vös."

„Das sind bestimmt die Liebesschmetterlinge!", rief Paisley aus und bellte mehrfach zur Bekräftigung. „Genau wie der Romantik-Doktor gesagt hat!"

Ich kraulte Octocat hinter den Ohren, und in diesem Moment ging mir das Herz über. Er zeigte nicht oft seine Schwächen, aber wenn er es tat, liebte ich ihn dafür umso mehr.

„Stimmt das? Hast du Schmetterlinge im Bauch?" Dr. Roman hatte jenes kribbelige Gefühl, das man gemeinhin mit romantischer Liebe verbindet, zwar ein wenig anders beschrieben, aber wir hatten es für Paisley so übersetzt. Sie hatte es sofort verstanden und uns erklärt, dass sie in jeder Sekunde, in der sie in meiner oder Grandmas oder Octocats Nähe war, Liebesschmetterlinge verspüre. Was war sie nur für ein kleiner Schatz!

Octocat nickte bloß als Antwort auf meine Frage.

„Du brauchst dir keine Sorgen zu machen", versicherte ich meinem liebeskranken Kater. „Grizabella betet dich bereits an. Und du hast dir so viel Mühe gegeben, dir Dr. Romans Ratschläge angehört, diese ellenlange Liste erstellt und an alles gedacht, um den perfekten Urlaub mit ihr zu verbringen. Und ich weiß zufällig ganz genau, dass niemand sie so lieben kann wie du."

Er schloss die Augen und legte die Ohren an. Es dauerte einige Augenblicke, bis seine Atmung sich normalisierte, dann öffnete er die Augen wieder und fragte: „Bist du sicher? Grizabella ist so glamourös, und ich bin ein ganz normaler Hauskater. Außerdem habe ich seit unserem letzten Treffen ein paar Pfund zugenommen, glaube ich. Jetzt bin ich nur noch ein blöder Schwabbelkater."

Beinahe hätte ich über den „Schwabbelkater" laut aufgelacht, aber ich beherrschte mich und streichelte weiter über sein weiches Fell. Wegen seiner Nervosität hatte er angefangen, wie verrückt zu haaren, sodass eine kleine Fusselwolke über uns schwebte.

„Grizabella hat sich für dich entschieden, weil du ein feiner Kerl bist. Und auch wenn ich vielleicht ein wenig voreingenommen bin, aber ich finde, du bist der beste Kater der Welt."

Mit großen, funkelnden Augen sah er zu mir auf.

„Aber bin ich auch der beste Kater, der je gelebt hat?", fragte er allen Ernstes.

„J-ja?"

„Bist du sicher?"

Das verschlug mir nun doch für einen Moment die Sprache, aber ich konnte mich schnell fangen und versicherte ihm lächelnd: „Auf jeden Fall, und ich bin mir sicher, dass Grizabella das auch so sieht."

Octocat setzte sich auf meinem Schoß auf, seine Atmung war nun wieder ruhig und seine Zunge wieder an Ort und Stelle. „Du hast doch meine Fliegen eingepackt, oder? Ich würde gerne die blaue tragen, passend zu den Augen meiner Liebsten."

„Ich habe beide hier in meiner Handtasche. Möchtest du, dass ich dir helfe, sie anzuziehen?"

„Ja, bitte."

Wow, er sagte fast nie „bitte", und bedankte sich meist nur in einem sarkastischen Tonfall. Ob er seine guten Manieren an mir erproben wollte, um für Grizabella den perfekten Gentleman spielen zu können? Oder hatte er vielleicht doch gemerkt, wie sehr ich mich für ihn aufopferte und wie dankbar er sein konnte, mich in seinem Leben zu haben.

Okay, höchstwahrscheinlich ging es um Ersteres, aber trotzdem.

Ich fischte die seidige blaue Fliege aus meiner

Handtasche und legte sie ihm um. Selbst ich musste zugeben, dass er in dieser Aufmachung unglaublich gut aussah.

„Du siehst so erwachsen aus, Octavius", meinte Paisley, als er neben sie auf den Rücksitz hüpfte.

„Ich bin zufällig erwachsen. Du doch auch", erwiderte er leicht spöttisch, doch dann breitete sich ein freundliches Lächeln auf seinem Gesicht aus. „Aber ich weiß, was du meinst. Ich danke dir."

„Grizzlybella wird dir gaaanz viele Küsschen geben", versprach Paisley mit einem Augenzwinkern. „Sie wird ihre Pfoten nicht von dir lassen können, du fescher Romantikkater!"

Octocat senkte den Kopf und gluckste, dann warf er ihn zurück und lachte aus vollem Hals.

Ich übersetzte Paisleys Worte für Grandma, und dann lachten wir uns kaputt. Was da manchmal aus dem Mund dieser Tiere kam! Um nichts in der Welt würde ich das missen wollen. Nein, nicht einmal an Octocats ständigen Gejammer würde ich etwas ändern wollen, denn das hieße, ihn zu verändern. Und ich war der festen Überzeugung, dass uns das Leben letztes Endes immer genau diejenigen Menschen und Tiere schickte, die wir brauchten.

So wie Octocat und Grizabella sich auf jener denkwürdigen Zugfahrt, die keinen von uns an das ursprüngliche Ziel brachte, kennen und lieben gelernt hatten. Aber sie hatten sich gefunden. Und nun, Monate später, würden die beiden Turtelkätzchen ihren ersten gemeinsamen romantischen Urlaub miteinander verbringen. Was für eine Welt.

Eben hatte uns Grandma noch durch ein quirliges Geschäftsviertel kutschiert, und nun bogen wir in eine ruhigere Vorstadtstraße ein. Wir waren fast da! Die Häuser hier sahen viel moderner aus als die alten Villen in unserer Gegend daheim. Die Vorgärten wirkten einladend, mit gepflegten Rasenflächen und schmucken Blumenbeeten. Mich überkam das Gefühl, dass dies ein guter Ort war, um eine Familie zu gründen und seine Kinder großzuziehen. Und obwohl ich mir nicht vorstellen konnte, jemals aus Maine wegzuziehen, gefiel mir Colorado auf Anhieb. Dabei waren wir noch nicht einmal aus dem Auto ausgestiegen.

„Sie haben Ihr Ziel erreicht", verkündete das Navi, als wir vor einem Backsteinhaus mit roten Fensterläden und weißem Lattenzaun anhielten.

Christine kam uns entgegen, während Grizabella in dem Erkerfenster wartete, von dem aus sie die Einfahrt und den Vorgarten überblicken konnte. „Willkommen, ihr Lieben!", rief sie und umarmte erst Grandma und dann mich überschwänglich.

„Grizz ist schon den ganzen Tag so aufgeregt", sagte sie und strahlte uns an, als wären wir alte Freunde, die sich zum ersten Mal seit Ewigkeiten wiedersehen. „Ich konnte sie nicht von diesem Fenster wegbewegen, obwohl ich es wirklich versucht habe."

„Wie süß", sagte ich kichernd, „als ob sie gewusst hätte, dass wir kommen, was?"

Christine zog irritiert eine Augenbraue hoch. „Natürlich wusste sie das. Du hast es Octavius gesagt, und er hat es ihr erzählt."

„Ich verstehe nicht, worauf du ..."

„Oh, vor mir musst du dich nicht verstecken." Sie machte eine wegwerfende Handbewegung, als ob ich diejenige wäre, die gerade einen lockeren Spruch vom Stapel gelassen hätte. „Deine Grandma hat mir erzählt, dass du quasi eine moderne Miss Dolittle bist. Aber keine Sorge, ich werde es ganz sicher niemandem verraten."

Grandma hatte was getan? Und ich hatte naiverweise angenommen, dass das bei ihren Freunden in Michigan eine einmalige große Ausnahme gewesen war. Anscheinend würde ich sie doch schon früher zur Rede stellen müssen als geplant.

18

Octocat rannte schnurstracks zur Haustür, setzte sich auf die Fußmatte und wartete fieberhaft darauf, dass die Menschen mit ihren Begrüßungsritualen fertig wurden. Seine Ungeduld war eine gute Ausrede für mich, um Christine zu entkommen, die sofort mehr über meine nicht mehr ganz so geheime Fähigkeit wissen wollte.

Eilig ging ich zu meinem Kater, und die anderen folgten mir. Nachdem Christine die Tür geöffnet hatte, raste er wie ein geölter Blitz hinein in den Flur, wo seine Geliebte ihn bereits erwartete. Die wunderschöne Himalayakatze, die dort anmutig saß, trug ein mit Swarovski-Kristallen besetztes Halsband, und auch ihr seidiges Fell glänzte. Ihre funkelnden blauen Augen passten farblich perfekt zu Octocats Fliege, und trotz ihrer unterschiedlichen Abstammung gab es keinen Zweifel, dass diese beiden zusammengehörten.

Anmutig erhob sie sich, glitt nach vorne und rieb ihr flaches Gesicht an Octocats Hals und Brust. Das laute Schnurren beider Katzen erfüllte den Raum, und keiner von uns wagte, ihr Begrüßungsritual durch Worte zu unterbrechen.

„Oh, mein Liebling, Grizabella!", rief Octocat und ließ sich begeistert über die Wange lecken, genau wie Paisley es vorausgesagt hatte.

„Octavius, mein Süßer", erwiderte sie und hob ihren flauschigen Schwanz in die Luft, der vor Freude bebte. „Es ist schon viel zu lange her."

Paisley trabte heran und wedelte beim Näherkommen mit dem Schwanz. „Hallo, Grizzlybella! Ich bin die kleine Schwester von Octavius. Schön, dich kennenzulernen!" Sie drängte sich direkt zwischen die beiden verliebten Katzen, und ich war mir sicher, dass Octocat sie wegen ihrer Aufdringlichkeit gleich anfauchen würde.

Stattdessen legte er ihr eine Pfote auf den Rücken und zog sie in eine Umarmung. „Liebling, du kennst Paisley ja bereits von unseren Videoanrufen."

„Freut mich, dich endlich persönlich zu treffen, kleine Schwester", sagte Grizabella, wobei sie den

Kopf leicht vor ihr verneigte. „Kommt. Ich werde euch meinen Geschwistern vorstellen."

Alle drei trippelten in den Wintergarten auf der Rückseite des Hauses, in der sechs weitere bildhübsche Himalayakatzen saßen und sich zufrieden sonnten. Wir folgten ihnen.

„Das sind Julia, Viola, Ophelia, Oberon, Othello und Hamlet", stellte sie die anderen vor. „Sie sind alle noch auf der Showbühne aktiv. Ich bin die Einzige, die schon im Ruhestand ist", erklärte sie lachend, und meine beiden Vierbeiner stimmten mit ein, obwohl ich hätte wetten können, dass zumindest auf Paisleys Gesicht ein großes Fragezeichen stand.

„Kommt", sagte Christine, „lasst uns eure Sachen auspacken, während die zwei Turteltäubchen sich unterhalten."

„Äh!", kreischte Octocat. „Mit einem Vogel verglichen zu werden, ist noch schlimmer als mit einem Hund."

„Sie meint es gut, Süßer", schnurrte Grizabella an seiner Seite. „Wir können nicht alle mit der perfekten menschlichen Begleiterin gesegnet sein, oder?"

Ich blieb stehen, fuhr herum und starrte entgeistert in Octocats Richtung.

„Ja, kann sein, dass ich mich ihr gegenüber so ausgedrückt habe", brummte er und zog die Oberlippe hoch. „Aber ich kann es auch wieder zurück-nehmen. Und jetzt schwirr ab, sonst überlege ich es mir noch mal."

Danach hatte ich für den Rest des Tages ein Lächeln auf den Lippen. Trotz all seiner Meckereien liebte Octocat mich nicht nur, er hielt mich für den besten Menschen schlechthin. Und das hieß schon etwas, wenn man bedenkt, wie schwierig es war, ihn selbst an guten Tagen zufriedenzustellen.

Nachdem Grandma und ich ausgepackt hatten, bot Christine uns Tee und Kekse an. Mehr als einmal versuchte sie, das Gespräch wieder auf meine besondere Gabe zu lenken. Und jedes Mal wand ich mich geschickt heraus. Bevor ich sie weiter einweihte, wollte ich erst mit Grandma darüber sprechen, warum sie meine privaten Angelegenheiten wild-fremden Menschen gegenüber ausplauderte.

Charles schrieb mir zwischendurch mehrfach, um mich über die noch nicht vorhandenen Fort-schritte in der Möwensache zu informieren. Außer den Präzedenzfällen, die sich auf die Rechte von Hausbesetzern in Maine bezogen, hatten wir noch rein gar nichts in der Hand. Leider gab es keinerlei verlässliche Informationen über den Verbleib des verschwundenen Schwarms, um dessen Territorium der Streit entbrannt war.

Da Pringle in der Nacht zuvor nicht nach Hause zurückgekehrt war, wussten wir auch nicht, ob er wertvolle Hinweise gefunden hatte. Es gab seitdem kein Lebenszeichen mehr von ihm, und ich hoffte inständig, dass er nicht irgendwo auf eine Schnellstraße geraten und überfahren worden war. Wenn ihm etwas zugestoßen sein sollte, während er in meinem Auftrag unterwegs war, würde ich mir das nie verzeihen.

Doch es hatte keinen Zweck, mich weiterhin diesbezüglich verrückt zu machen. Für den Moment musste ich mich auf die Fakten konzentrieren. Vor allem auf die Tatsache, dass Grandma mein Geheimnis offenbar überall herumerzählte. *Warum machte sie das bloß?*

An diesem Abend zogen wir uns beide früh zurück, weil uns die lange Fahrt noch in den Knochen steckte und wir uns danach sehnten, wieder in einem richtigen Bett zu schlafen. Gemeinsam begaben wir uns nach oben in Christines Gästezimmer, wo sich zwei Einzelbetten gegenüberstanden, was mir wie der perfekte Ort für das Gespräch erschien, das ich mit ihr führen wollte.

Nachdem wir beide in unsere Schlafanzüge und unter die Bettdecke geschlüpft waren, holte ich tief

Luft und begann: „Grandma? Warum weiß Christine, dass ich mit Tieren sprechen kann?"

„Es erschien mir einfacher, sie einzuweihen", gestand meine Großmutter, nachdem sie sich auf die Seite gedreht hatte, um mich anzusehen. „Sonst wäre unser Aufenthalt hier doch zu einem Eiertanz geworden, weil wir die ganze Zeit versucht hätten, die Wahrheit zu verbergen. Und es wäre ja auch keine Alternative gewesen, in einem Hotel zu übernachten. Ich bin mir sicher, dass Octocat dich dann mit seinen Nörgeleien darüber, die Zeit nicht mit seiner Freundin verbringen zu können, in den Wahnsinn getrieben hätte." Sie zuckte erneut mit den Schultern. „Ich dachte, das wäre die beste Lösung für alle Beteiligten."

Diese Erklärung beruhigte mich nicht im Mindesten. Offenbar war sie sogar der Überzeugung, mir einen Gefallen getan zu haben, und das war definitiv nicht der Fall. Zwar wollte ich mich deswegen nicht mit ihr in die Haare kriegen, aber ich fand es nicht in Ordnung von ihr, und das musste ich ihr klarmachen.

„Okay, und warum hast du Melissa und ihrer Familie davon erzählt?"

Grandma verzog das Gesicht, weil sie wohl merkte, dass sie sich diesmal nicht herausreden konnte. „Oh, das. Ich hatte vergessen, dass ich es ihr gegenüber erwähnt hatte. Es ist mir irgendwann mal in einem Gespräch herausgerutscht. Das tut mir leid."

„Warum sprichst du überhaupt mit irgendwem darüber? Das ist meine private Angelegenheit, und die geht niemanden etwas an."

Sie blickte immer bedröppelter drein und blinzelte heftig. „Ach, du liebe Zeit. Du hast ja recht. Natürlich hast du recht, und es tut mir leid, wenn ich zu weit gegangen bin. Ich habe wirklich nicht so vielen Leuten davon erzählt, und auch niemandem, der in unserer Nähe wohnt. Ich weiß, wie unangenehm es für dich wäre, wenn die halbe Stadt davon wüsste. Dann könntest du nicht mal mehr in Ruhe einkaufen gehen."

Ich holte tief Luft und spürte, wie ich innerlich zitterte. Auseinandersetzungen waren nie einfach, schon gar nicht mit meiner Großmutter. Für das, was ich ihr sagen wollte, brauchte ich sanfte, aber nachdrückliche Worte „Aber Grandma, ich will nicht, dass es irgendjemand erfährt, außer den Menschen, denen ich blind vertraue. Und denen möchte ich es selbst sagen."

„Natürlich, es tut mir so leid. Ich schätze ..." Sie seufzte. „Ich schätze, ich habe einfach so viele Jahre damit verbracht, dieses eine unfassbar große Geheimnis zu verbergen, dass es mir nun schrecklich schwerfällt, wenn ich jemandem nicht die Wahrheit sagen kann. Ich habe das Gefühl, dass alles rausmuss."

Ich lächelte, um ihr zu zeigen, dass ich das nachvollziehen konnte und dass ich ihr bereits verziehen hatte, auch wenn es mir definitiv nicht gefiel, was sie gemacht hatte. „Da warst du vielleicht ein wenig überkorrekt."

„Du hast recht, bitte entschuldige." Sie zog sich die Bettdecke bis zum Kinn und schenkte mir ein trauriges Lächeln.

Wir schwiegen beide für einen Moment, dann setzte Grandma sich ruckartig auf und sah mich mit großen Augen an. Ich konnte praktisch sehen, wie ihr ein Licht aufging. „Ich sag dir was: Erstens schwöre ich hiermit feierlich, dass ich es keiner anderen Seele gegenüber mehr erwähnen werde. Du hast mein Wort."

Daraufhin stieß ich einen tiefen Seufzer der Erleichterung aus. „Das ist lieb von dir, vielen Dank."

Dann kicherte sie und verschränkte die Hände in ihrem Schoß. „Und wenn es doch jemals wieder vorkommen sollte, werde ich diesen Leuten hinterher einfach sagen, dass ich senil geworden bin. Du kannst mich dann in das schlimmste Pflegeheim stecken, das du auftreiben kannst, und dann hast du Ruhe vor mir."

Ich keuchte. „Grandma, du weißt, dass ich das nie tun würde!"

„Okay, gut. Ich werde mich selbst einweisen."

„Du gehst nicht in ein Pflegeheim!"

„Nein, denn ich werde deine Geheimnisse nicht mehr mit irgendwem teilen. Das ist doch ein guter Deal, oder?"

„Ich liebe dich, Grandma", flüsterte ich ihr zu und knipste mit einem höchst zufriedenen Seufzer die Nachttischlampe aus. Wenn sich doch nur alle Differenzen so friedlich beilegen ließen ... wie viel besser wäre dann diese Welt.

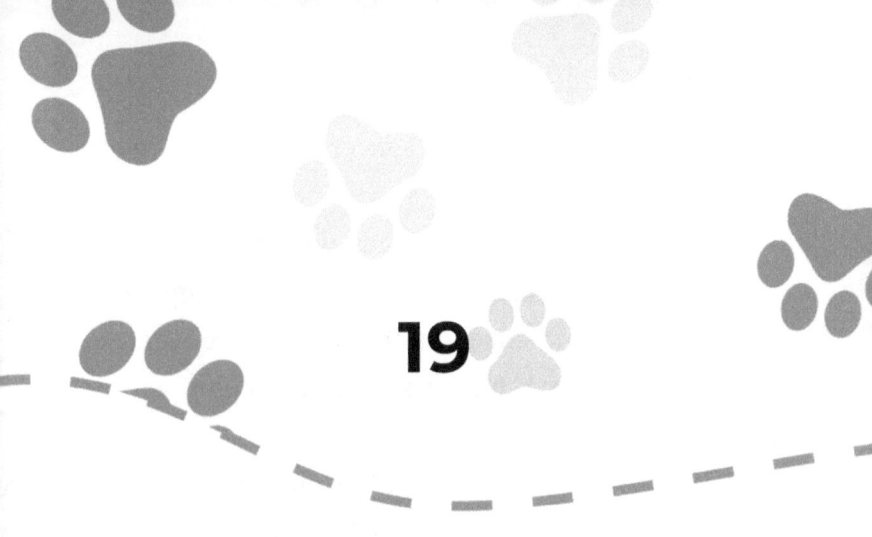

19

Octocat und Grizabella begannen den nächsten Morgen mit einem fürstlichen Frühstück aus Jumbo-Garnelen, die sie in Kristallschalen serviert bekamen. Danach lagen sie den größten Teil des Tages zusammen in der Sonne, die durch die großen Fenster fiel. Abends kuschelten sie sich vor ein knisterndes Kaminfeuer und leckten sich abwechselnd hingebungsvoll das Fell.

Am dritten Tag unseres Besuchs spazierte unser Katzenpärchen durch die Blumenbeete und knabberte am saftig grünen Rasen.

Und am vierten Tag hatten sie beide Bauchschmerzen. Das hielt Octocat jedoch nicht davon ab, Grizabella seine Liebe zu beweisen, indem er eine

Meise jagte und ihr deren Kadaver stolz als Geschenk präsentierte.

Am fünften Tag begann das wehmütige Gejammer. Sie wussten beide, dass ihre gemeinsame Zeit sich dem Ende zuneigte, und hassten die Aussicht, so kurz nach ihrer Wiedervereinigung schon wieder getrennt zu werden.

Als wir am sechsten Tag die Heimreise antraten, war der arme Octocat völlig am Boden zerstört. Während der gesamten Fahrt sprach er kaum ein Wort – nicht einmal, um sich zu beschweren. Aber angesichts des bevorstehenden Möwenprozesses, der uns zu Hause erwartete, konnten wir unsere Rückreise unter keinen Umständen hinauszögern, nicht einmal um eine Stunde. Ich musste dort sein, um Charles bei der Verteidigung des Falls zu unterstützen, oder die Möwen würden einen höllischen Terror veranstalten. Immerhin hatten sie uns damit gedroht.

Derweil sorgte Paisley dafür, dass Octocat genügend Kuscheleinheiten und Liebkosungen bekam. Sie war die Freundin, die er jetzt brauchte, obwohl er sie nie niemals direkt darum gebeten hätte. Grandma konzentrierte sich aufs Fahren und das neue Hörbuch, das wir in der Stadt gekauft hatten. Dabei handelte es sich um eine epische historische Saga, die unglaublicherweise sogar länger war als unsere gesamte Fahrtzeit.

Zu Hause angekommen, hatte ich gerade noch genug Zeit für ein zweistündiges Nickerchen, bevor Charles mich abholte, um gemeinsam nach Dewdrop Springs zu fahren, wo wir uns mit den Möwen erneut an den Müllcontainern verabredet hatten.

Ich band mein Haar zu einem unordentlichen Pferdeschwanz zusammen, zog ein gepunktetes Maxikleid an, das ich mit meinen schweren Stiefeln und einem Mantel kombinierte, und schon waren wir unterwegs.

„Bist du bereit für den größten Fall deines Lebens?", scherzte ich, froh darüber, dass nur er und ich im Auto saßen und die Fahrt lediglich eine halbe Stunde statt fünfunddreißig dauern würde.

„Ich bin überhaupt nicht bereit", gestand er mit einem schweren Seufzer. „Pringle ist nicht zurückgekommen."

„Was?" Fassungslos starrte ich ihn an, als könnte mir sein Gesichtsausdruck eine Erklärung liefern. „Er ist seit einer Woche verschwunden?"

Charles trommelte mit den Fingern auf das Lenkrad, ein nervöser Tick von ihm. „Ja, deshalb bin ich ja auch so besorgt. Glaubst du, ihm ist etwas zugestoßen?"

Eine beklemmende Angst stieg in mir auf. Trotz all seiner nervigen Eigenschaften war Pringle mein Freund. Und ein Kollege noch dazu. Dass ihm etwas passiert sein könnte, mochte ich mir gar nicht ausmalen.

„Bestimmt geht's ihm gut." Ich zwang mich zu einem Lächeln und legte meine Hand sanft auf Charles' Arm, damit er mit dem Klopfen aufhörte. „Er hat sich wahrscheinlich nur ablenken lassen und die Zeit vergessen, sonst nichts."

„Was sollen wir denn ohne seine Beweise machen? Wir haben keine Fakten, die über das hinausgehen, was sie uns anfangs erzählt haben, und irgendetwas an dieser Geschichte kommt mir komisch vor. Wenn die Lage so eindeutig wäre, warum brauchen sie uns dann überhaupt? Warum war mir dieser eine Vogel tagein, tagaus auf den Fersen, während sich all die anderen in meinem Garten postiert hatten?"

Ich wusste, dass es ihm ein besseres Gefühl geben würde, wenn wir Antworten auf diese Fragen hätten, aber leider war dem nicht so. Ich konnte nur versuchen, ihn zu ermutigen und zu beten, dass es uns gelingen möge, die Sache schnell abzuschließen. „Ich weiß, dass du gute Arbeit leisten und für die Wahrheit und Gerechtigkeit kämpfen wirst ... mehr können wir im Moment nicht tun. Bring deine Argumente vor, und dann werden wir schon sehen, was die Vögel daraus machen."

„Ja, du hast recht, natürlich, aber meine Intuition sagt mir weiterhin, dass da irgendetwas faul ist."

Ich streichelte ihm beruhigend über den Arm und wechselte das Thema. Wenn wir uns jetzt über all das, was wir nicht wussten, den Kopf zerbrachen, würde es noch viel schwieriger werden, das Recht der Möwen auf das Land zu verteidigen.

Wir fuhren auf den leeren Parkplatz des Einkaufszentrums, wo bereits der gesamte Schwarm auf uns wartete. Wieder führten sie uns zu der Lichtung hinter dem Dickicht, und dort hatte sich bereits ein zweiter, noch größerer Schwarm versammelt.

„Sind wir bereit, das Verfahren zu eröffnen?", krächzte ein einbeiniges Möwenmännchen. Ich versuchte, ihn nicht anzustarren, aber er bemerkte meinen Blick und kreischte: „Die menschlichen Anwesenden müssen dem Gericht den gebührenden Respekt erweisen!"

„Oh, okay. Sorry", murmelte ich, entsetzt von dem ohrenbetäubenden Gekreische.

Bravo landete auf Charles' Schulter. „Und jetzt zeig's ihnen, mein Freund!"

Indes nahm Alpha auf meiner Schulter Platz.

„Bete lieber, dass er das nicht vermasselt", zischte er. Ich schluckte schwer.

„Und wo ist der Anwalt deines Schwarms?", fragte ich die einbeinige Möwe.

„Ich bin hier der Richter!", krächzte er noch lauter als zuvor.

„Ich werde den Fall im Namen von Schwarm 84 vertreten", verkündete ein junges Möwenweibchen und streckte einen Flügel zur Begrüßung aus.

„Erheben Sie sich", kreischte die Richtermöve und starrte dabei in unsere Richtung.

Ich biss mir auf die Lippe, um nicht darauf hinzuweisen, dass wir bereits alle standen. Auf keinen Fall wollte ich irgendetwas tun, was den einbeinigen Schreihals verärgern und zu noch lauterem Gezeter veranlassen könnte.

Er schaute Charles und mich an, dann die junge Möwin und begann: „Wir sind heute hier vor dem Hohen Gericht zusammengekommen, um über den Streit zwischen den Schwärmen 82 und 84 zu entscheiden. Konkret bezieht sich dieser auf das Gebiet, welches zuvor das Territorium von Schwarm 83 darstellte. Wenn jemand der Anwesenden etwas dagegen einzuwenden hat, möge er jetzt sprechen oder auf ewig schweigen."

Warum bloß hatten die Möwen menschliches Recht gewählt, um diesen Fall zu entscheiden, wenn sie offensichtlich so wenig darüber wussten? Was er sagte, klang wie eine Mischung aus der Rede eines Richters und eines Pfarrers bei einer Trauung. So lächerlich mir das alles vorkam, ich wusste auch, dass man am besten zu einem Tier durchdringt, wenn man sich natürlich verhält und nach seinen Regeln spielt.

Also trat ich vor, schluckte schwer und sagte: „Ich erhebe Einspruch". Alle Augen richteten sich auf mich, auch die von Charles.

„Schatz", flüsterte er mir zu, „wogegen denn bitte? Die Verhandlung hat doch noch gar nicht begonnen."

Ich konnte ihm das in dem Moment nicht erklären, da ich die Gelegenheit nutzen wollte, Einspruch zu erheben, falls das später nicht mehr gestattet sein sollte.

„Bitte trage der Versammlung deinen Einwand vor", erwiderte der Vogelrichter.

Ich räusperte mich und sprach dann laut und deutlich: „Ich erhebe Einspruch, weil es in diesem Fall um die Rechte von Möwen geht und diese Sache daher nicht durch menschliche Gesetze entschieden werden sollte."

Er neigte den Kopf zur Seite. „Interessant. Fahre fort."

„Hey, Madame!", krächzte Alpha in mein Ohr. „Was hast du vor? Hast du unsere Abmachung vergessen?"

Doch in diesem Augenblick ignorierte ich ihn bewusst. Irgendetwas an dieser Sache hatte Charles verunsichert, und ich war mir sicher, dass er mich im umgekehrten Fall niemals dazu gezwungen hätte, wider mein Bauchgefühl weiterzumachen. Zwar brannte ich darauf, meine leibliche Großmutter kennenzulernen, ja, aber allein schon das Wissen, dass sie irgendwo da draußen und nicht sehr weit weg war, genügte mir. Notfalls würde ich mich auf eigene Faust auf die Suche nach ihr begeben.

„Da das umstrittene Gebiet Schwarm 83 gehört, schlage ich vor, dass dieser auch entscheiden soll, ob 82 oder 84 es zugesprochen bekommt."

„Aber Schwarm 83 ist spurlos verschwunden. Niemand weiß, wohin sie hingeflogen sind", rief Bravo von seinem Platz auf Charles' Schulter in die Runde.

Ich zog die Augenbrauen hoch. „Ja, und findet ihr das nicht auch ein bisschen merkwürdig?"

„Angie, was machst du da?", raunte Charles mir zu und griff nach meinem Oberarm „Dieser Fall ist so gut wie entschieden. Lass mich ihnen von den Präzedenzfällen erzählen, und wir können alle glücklich und zufrieden nach Hause gehen beziehungsweise fliegen."

Daraufhin schüttelte ich heftig den Kopf. Kurz zuvor, als ich meinen Einwand vorbrachte, war mir noch nicht klar gewesen, worauf ich hinauswollte, aber jetzt wusste ich genau, was zu tun war. „Nein", entgegnete ich entschlossen, „du würdest nicht glücklich nach Hause gehen. Nicht ohne es zu wissen."

„Hör auf deinen Freund", kreischte Alpha mich an. „Tu, was wir dir aufgetragen haben, oder es wird dir leidtun."

„Nein, du bist derjenige, dem es leidtun wird!", ertönte plötzlich Pringles Stimme. Er kam herangestürmt, ein flaumiges braunes Küken auf dem Rücken – vermutlich eine Babymöwe.

In diesem Moment schossen mir genau drei Gedanken durch den Kopf:

Pringle war am Leben!

Er hatte etwas Wichtiges entdeckt!

Es würde noch länger dauern, bis ich meine verschollene Großmutter endlich kennenlernen durfte ...

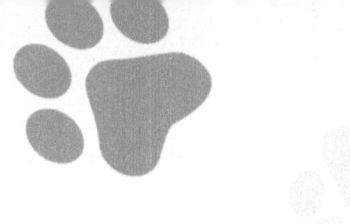

20

„W as hat das zu bedeuten?", herrschte der Richtervogel den Waschbären an. Als er das Möwenjunge entdeckte, änderte er jedoch sofort den Tonfall. „Oh, hallo, Kleines. Das hier ist kein Ort für Kinder, fürchte ich."

„Ich mag noch jung sein, aber ich habe schon viel erlebt." Die Stimme des Möwenkindes klang hoch und piepsig und wahnsinnig niedlich. „Ich habe Dinge gesehen, bin Situationen entkommen, die kein Vogel je erleben sollte."

„Schmeißt sie hier raus. Wir haben einen sehr wichtigen Prozess zu führen, und zwar ohne weitere Verzögerungen!", erklärte Alpha, stürzte sich von meiner Schulter und landete vor dem Richter.

Pringle stellte sich auf die Hinterbeine und drückte das flauschige Küken schützend an seine Brust. „Hör auf zu plappern und hör zu, was meine kleine Freundin Möwina hier zu sagen hat. Dank ihr werde ich meinen Schatz bekommen."

Mit angehaltenem Atem wartete ich auf Möwinas Enthüllung. Was auch immer es war, ich wusste, es würde darüber entscheiden, wie dieses Drama ausging.

Alpha breitete die Flügel aus und stürzte sich auf den Waschbären. „Du hast hier gar nichts zu sagen, du dreckiger ..."

Pringle fletschte die Zähne und knurrte ihn an, woraufhin Alpha sofort den Kurs änderte und zum nächstgelegenen Baum flog.

„Du kannst offen sprechen, Möwina. Dies ist ein sicherer Ort", ermutigte der Richter sie.

Sie hüpfte aus Pringles Pfoten auf den Boden und begann, ihre erschütternde Geschichte zu erzählen: „Ich bin in Schwarm 83 geschlüpft und fühlte mich mit meiner Familie sehr wohl dort. Vor einiger Zeit habe ich angefangen, das Nest zwischendurch für eine Weile zu verlassen, um flügge werden zu üben. Eines Tages kam ich von einer Erkundungstour zurück nach Hause und musste feststellen, dass alle weg waren. Jeder einzelne Vogel. Ich schrie nach meiner Mama, konnte sie aber nirgends finden. Dann sah ich diesen Kerl." Sie hielt inne und deutete mit dem Schnabel auf Alpha. „Er hüpfte da so komisch herum, und ich beschloss, ihm zu folgen. Da sah ich, wie er mit einer Katze sprach. Ich konnte die beiden erst nicht verstehen, also habe ich mich im Gebüsch noch ein Stück näher rangeschlichen, und dann hörte ich, wie diese Katze sagte: ‚Schön, mit dir Geschäfte zu machen!'. Und im nächsten Moment sah ich, dass sie eine tote Möwe im Maul trug. Da ich immer noch nicht gut fliegen konnte, hüpfte ich eilig davon und versteckte mich. Und seitdem habe ich mich die ganze Zeit verkrochen. Also, bis Pringle mich gefunden hat."

„Oh, Süße", murmelte ich. Das kleine Vogelmädchen tat mir unendlich leid.

Der Richter flatterte zu Möwina hinüber und legte väterlich einen Flügel um ihren kleinen Körper. „Eine schreckliche, schreckliche Sache, die uns diese überraschende Zeugin da gerade berichtet hat."

Sie schniefte und drückte sich an ihn. „Ich habe solche Angst gehabt."

„Es war gut, dass du es uns erzählt hast. Du hast genau das Richtige getan", versicherte er ihr. „So wie es aussieht, hat Alpha aus Schwarm 82 sich mit einem Katzenkomplizen zusammengetan, um

Schwarm 83 abzuschlachten und ihr Land zu übernehmen. Aber das werden wir gewiss nicht zulassen."

„Hey!", rief ich, als ich einen weißen Schatten sah, der sich hastig gen Himmel erhob und davonschoss. „Er versucht zu fliehen!"

„O nein, das könnte ihm so passen!", rief Bravo und stürzte hinter ihm her. „82, alle los jetzt! Und 84 auch! Wir dürfen ihn nicht ungestraft entwischen lassen."

Alle außer dem Richter, Möwina, Pringle, Charles und mir brachen fieberhaft auf, um den Kriegsverbrecher zu schnappen. So wie es aussah, würde diese Geschichte ein unangenehmes Ende für ihn nehmen.

„Du hattest ja so recht", sagte ich zu Charles und schüttelte den Kopf, weil ich noch gar nicht fassen konnte, wie sich die Ereignisse eben überschlagen hatten. „Die ganze Zeit über hattest du ein falsches Spiel vermutet, und genau das war es auch."

Er lächelte, drückte mir einen Kuss auf die Stirn und meinte: „Du wolltest für mich riskieren, deine Großmutter nicht zu treffen."

„Tja, Romantik ist ein Verb, wusstest du das nicht?", antwortete ich lachend.

Er blinzelte verwirrt. „Nein, wusste ich nicht. Aber wenn du es sagst."

„Danke für deine Hilfe, Pringle." Ich streckte die

Hand nach unten und gab dem Waschbären ein High Five. „Du hast das Ding gerettet."

Er schniefte und reckte die Nase in die Luft. „Vielleicht. Aber es ist eine Schande, was mit all diesen Vögeln passiert ist."

„Trotzdem hast du dir deinen Schatz mehr als verdient." Dann kamen mir jedoch Bedenken. „Ich bin mir nicht sicher, ob Schwarm 82 weiter bereit zu der Gegenleistung ist, die sie uns versprochen haben, aber ich werde dafür sorgen, dass du ordentlich entlohnt wirst. Was hättest du denn gerne? Ein Motorrad? Einen Roboter?"

O Mann. Ich sollte ihn besser nicht auf dumme Ideen bringen.

Bei diesen spannenden Vorschlägen wurden seine Augen rund wie Untertassen. „Nun, eigentlich ..."

In diesem Augenblick kündigte Bravo seine Rückkehr mit einem schrillen Schrei an, bevor er zum Sturzflug ansetzte und neben uns landete. „Die anderen haben das gut im Griff."

Ich wusste nicht, was ich darauf erwidern sollte, also nickte ich einfach.

„Du heißt Möwina, richtig?", sagte er zu dem Vogelmädchen, das immer noch unter dem Flügel der Richtermöwe kauerte.

Sie hüpfte auf ihn zu und salutierte vor ihm. „Sir, ja, Sir!"

Bravo beugte sich hinunter und schaute ihr direkt in die Augen, dann richtete er sich auf und sagte: „Ich weiß, dass wir den Schwarm, den du verloren hast, nicht ersetzen können, aber ich möchte dich einladen, ein Mitglied von Schwarm 82 zu werden, wenn du willst. Ich werde dich wie mein eigenes Kind aufziehen und dafür sorgen, dass dir nie wieder jemand wehtut."

„Wow. Aber bist du nicht der neue Alpha?", flüsterte Möwina ehrfurchtsvoll.

„Alpha? Nein, diesen Namen werde ich nicht annehmen. Nenn mich Bravo. Der bin ich, und der werde ich immer sein. Und auch wenn ich jetzt das Sagen habe, bedeutet das nicht, dass ich mich ab sofort wie ein Idiot benehme."

„Okay, Bravo", sagte die Kleine und drückte ihren flaumigen, grauen Körper gegen den seinen.

Bei diesem Anblick kamen mir die Tränen, und selbst Pringle wischte sich verstohlen über die Augen. Charles schlang seine Arme von hinten um mich und stützte sein Kinn auf meine Schulter.

„Du hast versucht, mir begreiflich zu machen, wie übertrieben Alphas Befehle waren," sagte Bravo bekümmert zu mir. „Aber ich habe das abgetan und seine Forderungen blind befolgt. Ich hätte das alles verhindern, sie retten können ..."

„Nein", versicherte ich ihm, „das ist alles nicht deine Schuld. Sofort als du wusstest, was los war, hast du die richtige Entscheidung getroffen. Du wirst deinem Schwarm eine großartige Leitmöwe sein, Bravo. Da bin ich mir sicher."

„Ich habe unser Versprechen an dich nicht vergessen", sagte er und hüpfte über das Gras. „Folge mir zurück zu den Müllcontainern, und ich werde dir deine materielle Belohnung geben. Wir hatten uns große Hoffnung gemacht, das Land von 83 über-nehmen zu können und es gut gebrauchen können, aber es ist nur fair, dass wir nicht von den Taten unseres korrupten Anführers profitieren. Sobald in meinem Schwarm wieder Ruhe eingekehrt ist und alle in Sicherheit sind, werde ich dich zu deiner Großmutter bringen. Ich wünschte, ich könnte euch als Dankeschön für alles, was ihr für uns getan habt, direkt zu ihr führen, aber was passiert ist, kam so unerwartet, und wir werden etwas Zeit benötigen, uns an die neue Situation zu gewöhnen. Und natür-lich brauche ich jetzt auch etwas Zeit mit meiner neuen Tochter."

Möwina gab ein fröhliches Piepsen von sich.

Ich neigte den Kopf. „Alles gut, das verstehe ich.

Sag mir Bescheid, wenn du so weit bist. Ich werde auf dich warten. Danke dir vielmals."

Während die Richtermöwe auf der Wiese blieb, um auf die Rückkehr der anderen zu warten, machte sich der Rest von uns auf den kurzen Weg zurück zum Parkplatz des Einkaufszentrums.

„Oh, ich kann es kaum erwarten, meinen geheimen Schatz zu sehen!" Pringle rieb sich die Pfoten und hüpfte auf und ab, als Bravo sich in den stinkenden Müllcontainer stürzte und begann, darin herumzuwühlen.

Ich dachte, er würde gleich mit einer dreckigen Fast-Food-Verpackung oder irgendeinem Plastikdöschen herauskommen, doch als er einige Augenblicke später wieder auftauchte, trug er einen Ring mit einem großen, funkelnden Diamanten im Schnabel. „Wer von euch bekommt ihn jetzt?", fragte er und ließ den Blick über unser Trio wandern.

„Ich!", quietschte der Waschbär verzückt, flitzte an der Seite des Müllcontainers hoch und schnappte sich das schöne Schmuckstück.

„Also, damit hatte ich jetzt nicht gerechnet", meinte Charles lachend und schlang einen Arm um meine Taille.

Ich lächelte bloß und stimmte ihm im Stillen zu. Es kam alles so unerwartet. Nicht nur, dass der

Schatz etwas wirklich Wertvolles war, sondern auch der ganze Tag, die Wahrheit über das schreckliche Schicksal, das Schwarm 83 und vermutlich Alpha als Strafe ereilt hatte.

Aber das Überraschendste von allem war das Gefühl, das in mir aufkeimte, als ich den glitzernden Verlobungsring sah. Mein Atem stockte, mein Herz schlug schneller, und ich hatte definitiv Schmetterlinge im Bauch.

Das geschah jedoch nicht, weil ich plötzlich aufgeregt gewesen wäre, sondern weil mir schlagartig etwas bewusst wurde: Hätte Charles in diesem Augenblick mit dem Ring vor mir gestanden, hätte ich definitiv Ja gesagt.

Wie geht es weiter?
Finde es schnell heraus ...

Grizzlys in Gefahr **ist jetzt erhältlich.**

Sichere dir noch heute dein Exemplar, damit du direkt mit der Fortsetzung dieser verrückten Krimiserie weiterlesen kannst!

* * *

Und vergiss nicht, dich in Mollys Liste einzutragen, damit du über alle Neuerscheinungen, monatlich stattfindende Verlosungen und weitere coole Aktionen (einschließlich jeder Menge Katzenfotos) informiert bleibst.

Hole dir noch heute dein persönliches Exemplar und fange direkt an zu lesen.
Katzengeheimnisse.com/abonnieren

WIE GEHT ES WEITER?

Da unser Leben in letzter Zeit ziemlich hektisch war, haben Charles und ich beschlossen, einen kleinen Trip mit einem gemieteten Wohnmobil zu unternehmen und uns ein entspanntes Wochenende zu gönnen, bei dem nur die drei R's zählen: Ruhe, Regeneration und Romantik.

Leider stellt sich direkt bei unserer Ankunft heraus, dass aus der trauten Zweisamkeit wohl nichts werden wird, denn wir haben zwei pelzige blinde Passagiere an Bord: einen herrischen sprechenden Kater und einen überdrehten, nervigen Waschbären.

Und als ob das nicht schon des Guten genug wäre, taucht auf dem Campingplatz auch noch eine Leiche auf. Dazu kommen eine Grizzly-Mama, die uns um Hilfe anfleht, ihre Jungen zu suchen, ein angehender Reality-TV-Star, der unbedingt von allen gemocht werden möchte sowie ein paar eigene Geheimnisse.

Uns steht ein wildes Wochenende bevor!

Hole dir noch heute dein persönliches Exemplar und fange direkt an zu lesen.

Viel Spaß!

KURZE VORSCHAU

GRIZZLYS IN GEFAHR

ch bin Angie Russo, und in letzter Zeit passiert in meinem Leben ein Unglück nach dem anderen. Das meine ich durchaus wörtlich, denn vor etwa sechs Monaten fanden mein Kater und ich uns in einem entgleisten Zug wieder, und dann, vor ein paar Wochen, hatten wir einen Unfall mit Großmutters Sportwagen, als wir gerade auf der Autobahn unterwegs waren.

Deswegen habe ich inzwischen Bedenken, mich überhaupt noch in irgendein Verkehrsmittel zu begeben und fürchte mich davor fast genauso sehr wie vor elektrischen Kaffeemaschinen, mit denen ich ebenfalls höchst unangenehme Erfahrungen gemacht habe – genau genommen begann alles mit so einem Ding.

Ich wurde nämlich von einer alten Kaffeemaschine ausgeknockt, die mir einen heftigen Stromschlag versetzt hatte, und wachte daraufhin mit der
seltsamen Fähigkeit auf, mit Tieren sprechen zu
können. Dieser Umstand hat vor allem zu diversen
tierischen Verwicklungen und Problemen geführt.
Der erwähnte Autocrash ist nur ein Beispiel von
vielen. Zudem wurde ich mit mehr als genug
Morden, Diebstählen, Entführungen und anderen
schändlichen Verbrechen konfrontiert. Das hat man
wohl davon, wenn man sich als Privatdetektivin
selbstständig macht.

Also, ich will mich nicht beklagen, aber trotzdem
könnte ich wirklich mal ein oder zwei entspannte
Wochen ohne irgendwelche verstörenden oder gar
lebensverändernden Ereignisse gebrauchen.

Ich kann mich nicht einmal mehr daran erinnern,
wann ich mir das letzte Mal einfach nur gemütlich
ein paar Netflix-Sendungen reingezogen oder einen
ganzen Tag mit Lesen im Bett verbracht habe.
Außerdem werde ich fast nie für meine Ermittlungsarbeit bezahlt, was die Frage aufwirft: Warum erkläre
ich mich eigentlich immer wieder bereit, mich in
einen neuen Fall zu stürzen?

Mein Partner bei „Pet Whisperer P.I." – so heißt
meine Detektei – hat keine Probleme damit, Nein zu

sagen. Zum Glück bekomme nur ich das zu Gehör. Für ihn gibt es kaum etwas Schöneres, als an einem sonnigen Fleckchen zu dösen oder sich eine ausgiebige Katzenwäsche zu gönnen ... Oh, habe ich schon erwähnt, dass mein Kollege ein Kater ist?

Er sieht aus wie eine gewöhnliche getigerte Hauskatze, bildet sich jedoch ein, etwas Besonderes zu sein. Aber pst, er darf nicht erfahren, dass ich das gesagt habe. Sein vollständiger Name lautet Octavius Maxwell Ricardo Edmund Frederick Fulton Russo. Allerdings nenne ich ihn kurz und knapp Octocat, wovon er nicht begeistert ist, doch zumindest hat er aufgehört, sich mit mir darüber zu streiten. Dass er mich eigentlich ziemlich gut leiden kann, zeigt er mir bedauerlicherweise nur selten, aber hin und wieder lässt er sich doch dazu hinreißen, und das ist dann für mich immer das Highlight des Tages.

Seine frühere Besitzerin hat ihm neben einem stattlichen Treuhandfonds, aus dem wir uns derzeit finanzieren, auch noch ein Haus hinterlassen. In dieser unserer – oder besser gesagt seiner – riesigen Villa leben wir also, zusammen mit meiner Großmutter und ihrer Chihuahua-Hündin Paisley, die sie aus dem Tierschutz gerettet hat. Außerdem gibt es da noch den neugierigen Waschbären Pringle, der zwei Baumhäuser in unserem Garten bewohnt und süchtig nach Reality-TV ist. Abgerundet wird unsere bunte Truppe durch meinen Freund Charles, seines Zeichens Rechtsanwalt und ein absoluter Schatz.

Unser jüngstes Abenteuer führte Grandma, Octocat, Paisley und mich auf eine Reise quer durchs Land, um die Freundin meines Katers zu besuchen, eine Himalayakatze und ehemaliges Showmodel namens Grizabella. Auf dem Weg dorthin erfuhr ich, dass Grandma diversen Internetfreunden von meiner besonderen Fähigkeit erzählt hat, die ich eigentlich vor allen Leuten streng geheim halte.

Kurz vor diesem Trip wurde ich obendrein von einem Schwarm Möwen heimgesucht, die mich übel erpressten, um mich dazu zu bringen, ihnen bei ihrem Revierkampf zu helfen. Notgedrungen mussten daraufhin Charles und Pringle, die nicht mitgefahren waren, die Federführung in diesem Fall übernehmen.

Sie schafften es, sodass wir unseren Teil der Abmachung mit den Vögeln einhalten konnten. Diese jedoch haben das Versprechen, das sie mir gegeben haben, bislang noch nicht eingelöst, weil unerwartete Schwierigkeiten aufgetreten sind. Aber ich vertraue ihnen. Sicher werden sie mich schon in wenigen Tagen zu meiner seit Langem verschollenen

Großmutter führen, und ich werde endlich die Wahrheit über meine Abstammung erfahren.

Bis es so weit ist, versuche ich mich auf andere
Dinge zu konzentrieren. Jedoch werde ich ständig
abgelenkt, hauptsächlich weil Octocat ununterbrochen Forderungen stellt und ich es einfach leid bin,
mit ihm zu streiten. Deshalb fahre ich heute zum
Beispiel für ihn nach Misty Harbor, was eine gute
halbe Stunde dauert, da es am anderen Ende von
Blueberry Bay liegt, nur um ihm in seinem Lieblings-
lokal, dem Little Dog Diner, ein Hummerbrötchen zu
kaufen. Und am Ende wird er mir wahrscheinlich
noch nicht einmal dafür danken, dass ich ihm seine
Bitte erfüllt habe. Ja, so läuft das im Moment bei
uns …

Habe ich schon erwähnt, dass ich wirklich dringend eine Pause von meinem verrückten Leben
brauche?

Als ich an diesem Nachmittag mit einer Tüte
Hummerbrötchen in der Hand nach
Hause kam, saßen zwei Möwen auf
meiner Veranda, die offenbar auf mich gewartet
hatten.

„Bravo?", rief ich, als ich mich den beiden

näherte, um sie zu begrüßen. „Und ist das Möwina? Das gibt's doch nicht."

Der kleinere der beiden Vögel plusterte sein Gefieder auf und stieß ein trällerndes Kichern aus. Als ich sie vor ein paar Wochen das letzte Mal gesehen hatte, war sie kaum mehr als ein kleines, trauriges Küken gewesen. Jetzt war sie fast so groß wie ihr Adoptivvater und machte noch dazu einen sehr glücklichen Eindruck.

„Wir haben die Suche nach deiner Großmutter beendet", informierte mich Bravo ohne Umschweife. Er hatte versprochen, auszukundschaften, wo meine verschollene leibliche Großmutter wohnte, wenn Charles, Pringle und ich im Gegenzug bei ihrem Revierstreit mit einem anderen Schwarm helfen würden. Ich wusste, dass er sein Bestes tat, um seinen Teil der Abmachung einzuhalten, aber je mehr Zeit verging, desto weniger glaubte ich daran, dass er es schaffen würde.

Jetzt wurde mir klar, dass meine Zweifel an den Möwen unberechtigt gewesen waren, und ich lächelte von einem Ohr zum anderen. „Das ist ja wunderbar! Könnt ihr mich zu ihr führen?" Ich ging zurück zu meinem Auto, doch die Möwen folgten mir nicht.

„Sie ist nicht mehr hier", sagte Möwina mit einem betrübten Kopfschütteln.

Bravo ergriff erneut das Wort: „Sie hat lange Zeit hier in der Bucht gelebt, aber jetzt ist sie nicht mehr auffindbar."

„Ist sie …?" Ich schluckte schwer, weil ich das Schlimmste befürchtete. „Ist sie gestorben?"

„O Gott, nein!", piepste die kleine Möwin und verlagerte ihr Gewicht von einem Fuß auf den anderen. „Sie ist nicht tot."

„Ich habe meine besten Möwen als Kundschafter ausgesandt, aber bisher konnten wir ihren neuen Wohnsitz noch nicht ausfindig machen", fügte Bravo in geschäftlichem Ton hinzu, während Möwina mich mitfühlend ansah.

„Und was jetzt?", fragte ich mit einem Seufzer. Ich wusste es zu schätzen, dass sie es mit allen Mitteln versucht hatten, gleichzeitig brach es mir jedoch das Herz, dass ich meine leibliche Großmutter vielleicht doch nie kennenlernen würde.

„Wir werden die Suche fortsetzen, aber wir müssen den Radius vergrößern. Möglicherweise hat sie den Staat verlassen. Das ist kein Problem, wirklich. Wir werden sie finden, allerdings wird es ein wenig länger dauern als ursprünglich angenommen."

„Danke", sagte ich und rang mir ein Lächeln ab,

obwohl mich die Nachricht, die sie mir gerade über-
bracht hatten, zutiefst enttäuschte. „Danke, dass ihr
nicht aufgebt."

„Nichts kann einen Vogel, der eine Mission hat,
aufhalten", erklärte mir Bravo mit entschlossenem
Blick.

„Genau!", pflichtete seine Adoptivtochter ihm
energisch bei.

„Jetzt müssen wir aber wieder los." Bravo erhob
sich in die Lüfte, dicht gefolgt von Möwina.

„Tschüss, Angie", rief das Möwenmädchen, und
schon segelten sie mit dem Wind davon.

Ich ließ mich auf die ausgetretenen Eichenholz-
stufen der Veranda sinken und betrachtete den
Sonnenuntergang, während es langsam kühler
wurde.

Was würde ich tun, wenn die Suche des
Schwarms nach meiner Großmutter erfolglos blieb?
Den Rest meiner neu entdeckten Familie in Larkhaven hatte ich bereits ausführlich befragt, jeden
Winkel des Internets durchstöbert, und sogar bei
einem Portal für Ahnenforschung hatte ich es
versucht, aber auch dort nichts in Erfahrung bringen
können.

Irgendwo da draußen hatte ich eine Großmutter,
von der ich bis letztes Jahr nicht einmal wusste, dass

es sie gab. Ihre gesamte Familie war ihr genommen worden, als mein Großvater ihr Baby – meine Mutter – mitnahm und Grandma bat, das kleine Mädchen weit weg zu bringen.

Keiner von uns wusste, warum er das getan hatte, und mein Großvater war bereits verstorben, als ich von seiner Existenz erfuhr. Und so blieben diese beiden Menschen, die eine entscheidende Rolle in meiner eigenen persönlichen Geschichte gespielt hatten, für mich ein Rätsel. Ein Teil von mir fehlte, und ich bezweifelte, dass ich mich jemals wieder komplett fühlen würde, solange ich sie nicht gefunden hatte.

Hole dir noch heute dein persönliches Exemplar und fange direkt an zu lesen.

ÜBER MOLLY FITZ

Obwohl USA-Today-Bestsellerautorin Molly Fitz genau genommen nicht mit Tieren sprechen kann, führen sie und ihre drei tierischen Co-Autoren oft tiefgründige und lebhafte Gespräche, während sie den alltäglichen Dingen des Lebens nachgehen.

Molly lebt mit ihrem Kind und ihrem eigenen Privatzoo irgendwo in der Wildnis von Alaska. Gelegentlich wagt sie sich hinaus, um ein exquisites Essen zu genießen, einen guten Kaffee zu trinken oder neue Tierfreunde zu treffen.

Erfahre mehr über Molly und ihre deutschen Veröffentlichungen, indem du dich gleich für ihren Newsletter anmeldest:

www.katzengeheimnisse.com

MISS DOLITTLES GEHEIMNIS

Angie Russo hat sich gerade mit dem ersten sprechenden Katzendetektiv von Blueberry Bay zusammengetan. Gemeinsam mit seiner bunt zusammengewürfelten Schar menschlicher und tierischer Helfer ist Octocat fest entschlossen, jede Situation zu retten – solange sie nicht mit seinem persönlichen Zeitplan kollidiert.

Viel Spaß mit Band 1 – **Kommissar Katerchen**

MERLINS MAGISCHE ABENTEUER

Gracie Springs ist keine Hexe ... ihr Kater hingegen schon. Jetzt muss sie alles in ihrer Macht Stehende tun, um sein Geheimnis zu wahren, oder sie riskiert, den Rest ihres Lebens in einem magischen Gefängnis zu verbringen. Zu dumm, dass sie den Ärger geradezu magnetisch anzuziehen scheint!

Viel Spaß mit Band 1 – **Merlin findet eine Vertraute**

AGENTUR FÜR PARANORMALE ZEITARBEIT

Tawny Bigfords gewöhnlich zu nennendes Leben nimmt eine magische Wendung, als sie über die Leiche ihrer Vermieterin stolpert und von einer sprechenden schwarzen Katze rekrutiert wird, die Rolle der Verstorbenen als offizielle Stadthexe von Beech Grove, Georgia, zu übernehmen.

Viel Spaß mit Band 1 – **Eine Hexe für alle Gelegenheiten**

DAS GEISTERHAFTE GÄSTEHAUS (MIT TRIXIE SILVERTALE)

Sydney Coleman hat alles erreicht – und doch steht sie irgendwann vor dem Nichts. Gerade, als sie ihr neues Bed and Breakfast eröffnen will, stellt sich ihr ein Geistertrio auf Schritt und Tritt in den Weg. Die Geister bestehen darauf, dass sie den Mord an ihrer Herrin aufklärt, aber Sydney braucht dringend Geld. Wenn nicht bald ein paar zahlende Gäste eintreffen, ist ihre Spukvilla dem Untergang geweiht.

Viel Spaß mit Band 1 – *Mörderischer Mondschein*

VERBINDE DICH MIT MOLLY

Wenn du ebenfalls ein großer Fan von spannenden, schrägen Tierkrimis bist, sollten wir unbedingt Freunde werden.

Wie wäre es, wenn du direkt einmal meine Facebook-Seite besuchst, die ich speziell für meine treuen deutschen Leser eingerichtet habe? Hier der Link dazu:

Facebook.com/Katzengeheimnisse

Oder melde dich für meinen Newsletter an und sichere dir als Abonnent gratis ein digitales Geschenkpaket, einschließlich einer exklusiven Kurzgeschichte über Octocat:

Katzengeheimnisse.com/Abonnieren